时代之歌

王桂春◎著

新华出版社

图书在版编目（CIP）数据

时代之歌 / 王桂春著 .
北京：新华出版社，2022.12
ISBN 978-7-5166-6705-7

Ⅰ . ①时…　Ⅱ . ①王…　Ⅲ . ①诗集—中国—当代
Ⅳ . ① I227

中国国家版本馆 CIP 数据核字（2023）第 015384 号

时代之歌

作者： 王桂春

出版发行： 新华出版社有限责任公司

（北京市石景山区京原路 8 号　邮编：100040）

印刷： 北京明恒达印务有限公司

成品尺寸： 170mm × 240mm 1/16　　**印张：** 13　　**字数：** 135 千字

版次： 2024 年 10 月第 1 版　　**印次：** 2024 年 10 月第 1 次印刷

书号： ISBN 978-7-5166-6705-7　　**定价：** 39.00 元

做有情怀的人　写有情怀的诗

中国石化新闻发言人 党组宣传部部长

吕大鹏

桂春兄是我的老朋友，多年来，孜孜不倦、笔耕不缀。上世纪80年代，我俩都在南京扬子石化公司工作，正值国家重点工程扬子30万吨/年乙烯开工建设，工地热火朝天、员工欢欣鼓舞。桂春刚参加工作不久，诗情勃发，当即写下“当我像一个赶海的孩子，把脚窝深深地印进这片沸腾的工地，扬子，我就爱上了你”。

从此一发不可收拾，桂春兄在《中国石化报》和《扬子报》等报刊上陆续发表了不少诗篇。近年来，特别是党的十八大后，其又一个创作高峰来临，诗情磅礴，大作迭出，先后在国家、军地、行业报刊和网络媒体发表诗作约200首。

桂春兄这本集子的100多首诗，除了少量写于十几年前，多数都是近几年作品。这些年，我们正身处“百年未有之大变局”，我们无比渴望中华民族实现伟大复兴，因为只有创造过辉煌的民族，才懂得复兴的意义；只有经历过苦难的民族，才对复兴更加深切的渴望。而作为一个观察历史、记录历史，参与了祖国建设而见证她日益强大的诗人，这种情怀更为炽热而奔放。

他歌颂马克思“一把金光璀璨的钥匙，划破旧世界的黑暗”，他歌颂红旗渠“苦难辉煌的赞歌”“共产党人的初心”，他歌颂新时代“发掘我们每个人的信仰金矿”，他歌颂人民“绿水青山重抖擞，栉风沐雨向未来”……

他的诗里有一带一路、有脱贫攻坚，有奥运圣火、有雄安大计，有民族辉煌、有历史沧桑。他的诗里有父亲、母亲、家人，也有读书、诵雪、乡愁，有江南小桥流水，“柳丝绵软悠长，睫毛楚楚放光”，有北国豪气万丈，“铁肩自当担道义，匹夫有责日月新”。

我很喜欢那首《为美好生活加油》——“美好生活从哪里来，千万次的寻觅追求，千万次的勘探开发，千万次的催化裂化，千万次的披荆斩棘，千万次的蒸蒸日上”。

我和桂春兄曾探讨，什么样的诗才是好诗？我们的观点略有不同。我更倾向于让诗歌更具意象、有律有韵，少些口号味；桂春兄则追求恢弘大气，鼓舞人心，不在意是不是押韵，更在意排比铺陈。君子和而不同，桂春兄的诗自有特色，充满豪情、充满时代精神、充满正能量。

这是一个需要诗和远方的时代。桂春兄是在中国石化成长起来的诗人，学养丰富，功力深厚，豪情挥椽笔，艺术为人民。期待桂春兄继续坚持，愿见更多的好诗，愿见祖国更加繁荣昌盛。

是为序。

2020年6月7日于北京

人生不妨如歌

——读王桂春《时代之歌》

周庆荣

走进生命深处，却依然能够理直气壮地直抒胸臆。这样的人是我所羡慕的。文学艺术是对生活的又一次呈现，当然不能否认呈现生活时确实需要技术的力量。但是，通过与老乡王桂春的多年交处，我认为比技术力量更为重要的是一个人对待生活的态度以及态度所依托的精神。桂春是一个有精神的人！

这样的精神在他的诗歌中经常以讴歌、赞美、咏诵的方式释放出来，多年来，似乎没有任何力量能够改变他的坚持：他让饱满的情感增强自己创造美好生活的信心，他让充沛的激情给他所生活的时代添加正能量和人间稍不留神就会暗淡下去的希望。尽管对他在某些人和事方面饱和式的赞美和对客观场景的判断上，我可能会保留自己的意见，但是，他的诗歌最可贵之处就是他始终能够用歌声去和解生活中的沮丧，用勇气去大声安慰人性中经常出现的困顿和迷惘。读他的作品，第一感觉是他好像不介意气沉丹田以及让诗歌通过变异修辞的手法隐晦一下他的抒情靶向。而熟悉他的人，恰恰会因此更加生动地认识他。他的诗歌与他的人及他的行已经高度融合，他的态度和精神就是最好的诗歌。

“你的名字极其平凡
你的身份朴实无华
你的手上长满老茧
你的脚上沾满泥土

你让高山仰止
你让江海激越
你让炊烟袅袅
你让岁月长青”

从这些诗行中，我读出桂春善良的唯物主义的历史观。我们知道是人民具体了永不磨灭的生活的生动，人间烟火是多么珍贵啊，人民的贡献无论我们使用怎样的语言去赞美都不为过！桂春把“人民”用第二人称展开咏颂，似乎是我对你亲密的诉说和表扬，这样的写作容易陷入风险，即把人民抽象化。因此，在表现强国之路主角——人民时，我建议桂春在今后的诗歌写作中不妨具体一些，更加个人化一些，若此，文字将会更加具有细节之美和力量。

“有人说你是虚无缥缈的
你无往不胜无坚不摧
你是心灵中的一闪念
你是宇宙中的量子流

你挽救迷途于千钧一发

你出手相助可妙手回春

你是人生高地上的千寻塔

你是崇山峻岭里的回音壁”

上面的诗句是桂春对“信仰”的比喻，在我们普通的生活中，是否需要一种有方向的精神坚持？如果需要，这样的精神坚持当能有效地防止迷惘、沮丧和绝望。它帮助我们遇到坎坷时也能内心坚定，遇到致人沉沦的诱惑时能够守正自清。有信仰的人，往往有能力在万物中找到具体的证据：露珠是小草的信仰，麦芒上悬挂的阳光是麦穗的信仰，星星是夜晚的信仰……是的，生活不易，有信仰的人好像随身携带一只气筒，气不足时不妨自己打气。所以，信仰是我们的能量包和创可贴。桂春笔及之处，皆显出一个读书人无条件的对祖国的爱。大爱，需要大情怀去支撑。我认为桂春是有这样情怀的。

书中第二部分是关于“岁月感怀”，也是我在阅读时最能感同身受的一辑。

诗歌写作以及写作中的感怀，原本就是对我们生活实践的一种能动。它帮助我们清淤泄洪、消肿止痛，让我们从容地与往事干杯，从而继续满怀信心地面向未来。而所有的感怀，最后都慢慢地走进岁月。因此，感怀既在岁月之后，更在岁月之中。有往事的生命是真实的，从往事中汲取力量是智慧的，叹喟与缅怀，不仅仅为了抒发人生不可避免的惆怅，更是人皆有情的实际证明。他写父亲：

“父爱是什么

父爱是什么

父爱是一块最甜的糖
永远衔在嘴里
父爱是一条最长的河
永远奔流心底
父爱是一座最高的山
永远神往纵览
父爱是一首最美的歌
永远深情动人
父爱是一道最深的辙
永远伸向远方
父爱是一股最大的力
永远顶天立地
父爱是一种最牢的爱
永远无法破解”
他写母亲：
“日出东方
我是您膝下的二月兰
春天就是我睁开的眉眼

如日中天
我是您院子里的梧桐
成长就是悠然拔地而起

夕阳西下

我是您手中的针和线

母爱就是望不尽的天涯”

这一部分中，他写到乡愁，写到早年对故土的记忆和知天命之年以后对故土的回望与思念，写到人在旅途和沿途的风物，写到读好有字或无字之书。每写到动情处只对酒当歌，却从不叹息人生几何。虽然这些感怀沿袭了他通常的传统笔调，直抒胸臆的时候居多，但是我在阅读时没有感觉到空乏和矫情，相反，在这些作品里我读到了诗歌相对于生活而言应该具有的直接作用。桂春是一个诗行合一的人，他的写作实践对于当下诗歌创作中普遍存在的“伪”“空”及“以病为美”等现象是一种善意提醒。

需要提及的是，桂春学的是化工专业，多年来一直在中石化系统工作，他的业余爱好除了读书写作，还酷爱书法。热爱生活之于他不单单停留在概念上，他热爱生活首先从热爱生活的细节开始，在这方面他堪为我学习的榜样。虽然同在北京，每年也就能够聚会三五次，乡情、诗友情和同学情谊叠加，所以每聚必酒，颇有古人“开轩面场圃，把酒话桑麻”的意境。

人生，有惆怅是必然的。

人生，有每个人的不易，也有自己的不易。

不易，是我们生命过程的真实。

让不易转换为歌的旋律，这是桂春的能力，更是这部诗集带给我的启示。

2020 年 7 月 23 日 凌晨 老风居左

周庆荣，笔名老风。1963 年出生于苏北响水。1981 年就读于苏州大学外文系，1985 年起在连云港一家高校任教 8 年。1993 年考入北京大学国政系国际文化交流专业，在北京工作至今。1984 年开始诗歌写作，出版的散文诗集有《爱是一棵月亮树》（1990）、《飞不走的蝴蝶》（1992）、《爱是一棵月亮树》（合集，2000）、《风景般的岁月》（2004）、《周庆荣散文诗选》（2006）、《我们》（中英文典藏版，2010）、《有理想的人》（2011）、《预言》（2014）、《有远方的人》（2014）、《有温度的人》（2017）。中国作家协会会员。“我们－北土城散文诗群”主要发起人，《大诗歌》主编、《星星 · 散文诗》名誉主编、《诗潮》编委、首都师范大学中国诗歌研究中心兼职研究员、湖州师范学院中国散文诗研究中心研究员。曾获 2014 年度《诗潮》诗歌金奖、2015 年《芳草》第四届汉语诗歌双年奖、2016 年《星星》第二届散文诗大奖、第二届刘章诗歌奖、第七届中国“冰心散文奖”和 2019 两岸诗会桂冠诗人奖。

不散的诗心，深厚的诗情

——评王桂春《时代之歌》诗集

皋　山

桂春兄，长期在央企石化系统工作，是位睿智的理工通，但他阅历丰富，经历不凡。他的人生起步于六朝古都南京的扬子石化公司，在这里当过普通干部，经历多个岗位的磨练，如今任职于中国石化化工销售有限公司。与众不同的是，在繁忙的工作之余，他对诗歌情有独钟，创作丰厚；对书法也颇有钻研，书体自成一家。

这部《时代之歌》诗集，是他多年的心力之作，也是经过仔细打磨的精品佳作。全书分“强国之路、岁月感怀”两个部分，这些经他精心选材、巧妙构思的诗作，闪烁着他诗心永在、诗情赓续的光芒，饱含着他对党的歌颂、对国家的热爱、对人民军队的赞美，对困难的藐视、对时代的欢呼、对希望的憧憬，对亲人的思念、对故乡的依恋。读他的诗，我的情感也情不自禁地被调动着。我索性在他的诗歌里漫步，走近他的诗心，体会他的真挚和热忱；走近他的诗情，体会他的纯真与激情。

桂春兄是位诗心永在、诗情深厚的诗人。所谓诗心，指的是诗人之心，作诗之心。古代诗人对诗心犹为重视，如宋王令《庭草》诗："独有诗心在，时时一自哦。"清秋瑾《失题》诗："诗心鲸背雪，归思马头云。"唯诗心不散，作诗的人对诗才会有着浓厚的感情。作为央企管理人员，桂春兄的工作十分繁忙，能时时保持一颗对时代、对生活无限热爱的诗心诗情，实在难能可贵。"强国之路"部分，他精选的《信仰》《人民》《中国新时代》等诗作，把对祖国的热爱表现得淋漓尽致，让人们看到了诗人的大爱情怀，那一首首饱含深情的诗句，拨动着时代的音符，娓娓动听，扣人心弦。与其说是对时代的讴歌和赞美，不如说是对祖国、对社会、对生活的深深之爱。如《中国新时代》，他写道："这是一个崛起的新时代/每一滴水都放射太阳的光辉/每一朵花都灿烂美好的事业/每一株树都澎湃参天的喜悦""这是一个拼搏的新时代/每一个人都撸起袖子加油干/每一支号角都情迷碧海蓝天/每一座城市乡村都阔步前进""这是一个宏伟的新时代/是不忘初心牢记使命的新时代/是中华民族伟大复兴的新时代/是构建人类命运共同体的新时代""啊 中国的新时代/我们是一支手挽手肩并肩的队伍/啊 中国的新时代/让我们为富强民主文明和谐美丽出发"。这些从心底打捞出来的诗句，是他内心世界对伟大时代的感悟和赞颂，这是一种对我国发展历史透析沉淀后迸发出来的一份赤子之心，既有深厚的家国情怀，也容易激起人们对时代热爱的情感共鸣。"岁月感怀"部分，他精选的《父亲》《母亲》《回家的人》《春节》等诗作，把父爱、母爱、骨肉亲情诉诸于诗句里。如《父亲》，他写道："少小时/父爱是一双大手/大手拉小手""上

学时 / 父爱是一行工整的字 / 父写一行在上 / 我写一行在下”“长大时 / 父爱是一棵高大的树”“离家时 / 父爱是一双伟岸的肩 / 担着阳光雨露”“回家时 / 父爱是满园天伦之乐”“绝别时 / 父爱没带走一根草 / 走得太突然 / 走得太遗憾 / 没生一场病 / 没留一句话”。他用诗句解读父亲的一生是奉献父爱的一生，告诉人们父爱如山，更是一种最牢的爱，永远无法破解。

有位诗人说过：“诗歌是生命经验和文化经验的集合，生活中所有的一切，为人的文化本能确立了表达的依据与可能。”一个好的诗人，应当有这种能够把个人体验化为公众体验的能力。多年来，桂春兄对祖国文化、中华历史、生命感知等的积淀，使他有了把人生的经验转化为用诗歌形式表达出来的强烈愿望，这本《时代之歌》便是最好的说明。

我相信，一个有生命体验和文化经验的诗人，他内心世界的诗心诗情也是纯真、质朴和浓烈的。在当今社会高速发展中，无论是社会交往还是文学创作，“纯真”“质朴”“浓烈”都该是诗人对诗心诗情的真实坚守，唯有诗心不散、诗情深厚，才能时时激起创作的兴趣，才能比平常人更善于观察时代、观察社会，更会公正审视美丑、善恶，针砭时弊、激浊扬清，不断弘扬社会主义核心价值观倡导的主旋律和正能量。品味桂春兄的诗作，让人深切地感受到他富有追求向上的精神，敢于自我要求、自我超越、自我坚持，负责并高标准地做到了这一点。

时光安静地走过，万物在自然里轮回。创作是辛苦的，但诗歌是不朽的，诗和远方值得诗人去开拓、去创新。愿桂春兄诗心诗情永在，坚持诗歌与生命同步，在奋进新时代的伟大征程中再创佳作、再谱新篇！

皋山，江苏盐城人，现为解放军某部党委副书记。系中国诗歌网注册诗人，2017 年开始诗歌创作，已在《中国诗歌网》《世界经典文学荟萃》等平台发表诗歌 200 余首，在《解放军报》《光明日报》《中国青年报》《半月谈》《中央人民广播电台》等 10 多家媒体发表新闻作品、报告文学 100 多篇，出版专著《战神之裔》1 部，合著《血脉之旅》等 9 部，作品 30 多次获奖。荣立个人二等功、三等功各 1 次。

诗 评

程立龙

桂春来自文人辈出、人杰地灵的苏北水乡，他的诗歌自有水的鲜活灵动，始终荡漾清澈的波纹。他的诗情源于他钟爱的塔罐林立、管廊纵横的钢铁森林，笔下自然流淌着家事国事天下事。在他百余首的诗行里，我看到了一个歌者坦荡向前的身影，边走边歌，边歌边咏，歌颂脚下的土地，歌咏土地上行走的人们，歌唱走过的四季，歌吟人世间的美丽。在他激越的歌声里，我领略到了诗人艾青的那句经典，“为什么我的眼睛常含泪水，因为我对这片土地爱的深沉”。是的，他是因爱而歌，为爱放歌。说他是红色诗人一点不为过，因为他的作品里始终贯穿着一个大写的“爱”字，首首都能感受得到一份可贵的情怀，而这份情怀正是当下诗坛最需要的——家国情怀！

程立龙　笔名草哥，现供职于北京市某机关。诗作入选 2018、2019 年度《中国新诗排行榜》，获“郭小川诗歌奖”第五届中国年度诗人佳作奖，诗集《蓝曜》获“2019 年度十佳华语诗集”。

目 录

CONTENTS

上篇 强国之路

下篇 岁月感怀

上篇

强国之路

啊！西柏坡

这里曾是共产党人最接近
梦想的地方
这里曾是新中国徐徐拉开
帷幕的地方
这里曾是全中国人民无比
向往的地方

伟大领袖毛泽东
曾率领身经百战的无敌之师
在此向敌人发起最后的胜利攻势
并英明地告诫全体将士
这不是一场普通意义的战争
这是一场史无前例的胜利之战

在拿枪的敌人被消灭之后
不拿枪的敌人仍然存在
战胜敌人容易
战胜自己最难
一切麻痹大意
一切骄傲自满
一切贪图享乐
一切固步自封
都是没有出路的

“两个敢于”掷地有声
“两个务必”胜似晴天霹雳

新中国是一份勇敢者的答卷
新中国是一条永无止境的长征
新中国是一道崎岖曲折的山梁
新中国是一片亟待开垦的荒原
新中国是党和人民
用心血汗水造就的长城

人民当家作主
人民创造历史

人民扬眉吐气
新中国是欣欣向荣的人民中国
新中国是茁壮成长的人民中国
但新中国并非一帆风顺
也有风霜雨雪
甚至十年浩劫

新中国绝不是神话
也不是童话
来不得半点天真
不容许左右折腾
只有不畏艰险
才能不可战胜

歪路邪路皆无出路
改革开放兴会无前
苟日新 日日新
摧枯拉朽国脉新
前进还须再加鞭

啊
西柏坡的海拔也许不高
西柏坡的地域也许不广
西柏坡的历史也许不长
但西柏坡永远是新中国的制高点

西柏坡见证的
不只是那段历史
西柏坡刚聆听“三个代表”的回响
又放眼科学发展的大潮
西柏坡的青山绿水
正绵延着中华民族伟大复兴的中国梦

啊 永远的西柏坡
您是中国共产党永远的精神标杆
啊 永远的西柏坡
您是 13 亿中国人民永远的思想高地
中国的现在和未来
更需要团结奋斗
更需要改革创新
更需要发展突破
唯有众志成城
唯有不辱使命

2016 年 3 月 7 日作于北京

信仰

有人说你是红色的
你是夜行者心中的明灯
你是航海者永不迷航的指南针
你明明如月中天挂
你烁烁如金不可摧

有人说你是高远的
你远在天边近在眼前
你深不可测壁立万仞
你拔地而起掷地有声

有人说你是坚毅的
你真的不怕摧残凌辱
从不摇头晃脑投机取巧
你是革命者字典里的钢铁
你是苟且者软骨病的克星
你不为某些人择善而从
你是所有人坚固的堡垒

有人说你是无形的
你大道之行大音稀声
你却从不闭目塞听
你就在凡人俗众的喜怒哀乐之中
你就在石破天惊的万象天平之中
你举手投足方寸可循
你回眸天地笑容可掬

有人说你是虚无缥缈的
你无往不胜无坚不摧
你是心灵中的一闪念
你是宇宙中的量子流
你挽救迷途于千钧一发
你出手相助可妙手回春
你是人生高地上的千寻塔
你是崇山峻岭里的回音壁

有多少落泊者
就需多少大力神
有多少朝觐者
就有多少不二法门
有多少求真者
就能开多少新纪元

你在脚踏实地的脚印里
你在绳锯木断的累痕中
你在滴水穿石的细响间
你在钻木取火的箴言上

有人说你是真的傻子
其实你早就超越
得失取舍 荣辱进退
功名利禄 个人主义
你聚众智而智
惠众惠而惠
你行众行而行
利众利而利
你是天地之间最坚硬的磐石
你是人心之中最柔软的血脉

你与日月山川同怀视之
你于黎民百姓无一不念
你当积薪丛火永续使命
你贵爱我中华颠扑不破

人无信仰不立
国无信仰不强
要信当信万众之信
要仰当仰千秋之仰

让信仰汇聚无穷的力量吧
让信仰翻越千山万水
让信仰为我们跃马扬鞭
让信仰划过沉舟侧畔
让信仰唤醒潇潇落木
让说我们没有信仰的人
瞠目结舌
让新时代发掘我们每个人的
信仰金矿

啊
信仰是我们最鲜亮的太阳
信仰是我们最智慧的双手
信仰是我们最伟大的创造

2018年1月21日于北京

人 民

你的名字极其平凡
你的身份朴实无华
你的手上长满老茧
你的脚上沾满泥土

你让高山仰止
你让江海激越
你让炊烟袅袅
你让岁月长青

你比山高
屹立于历史的画卷
你比水长
有容乃大国运长在
你大行德广顶天立地
你勤劳勇敢甘于奉献

你来自各行各业
你崇尚团结奋斗
一切始于信仰
一切始于自强
一切始于劳动
一切始于创造

疾风知劲草
拨云见红日
得人心者得天下
谁把你高高举起
谁爱你如慈母
谁以你为中心
谁为你谋幸福
你就坚决拥护他

幸福不是奢望
在奋斗中接力
人生不固步自封

解放思想实事求是
夜以继日快马加鞭

啊
你像流水
立于不争之地
你像山峦
不比远近高低
你像春雷
唤醒沉睡大地
你像秋风
横扫落叶纷飞

你是民族之魂
你是万里长城
5000 年沧桑涤荡
中国特色社会主义
进入新时代
你见证站起来
富起来 强起来
每前进一步
都无比艰辛
每翻开一页
都别开生面

你是一部书
扉页写在你的脸上
你从不人云亦云
你从不畏首畏尾
你从不沽名钓誉
你从不骄傲自满
绿水青山重抖擞
栉风沐雨向未来
你永远为使命担当
挥毫泼墨

啊
众里寻她千百度
雄关漫道真如铁
人民 永远是人民
才是中华民族伟大复兴的不竭动力
人民 永远是人民
才是社会发展的中流砥柱
人民 永远是人民
才是我们健康成长的导师

2018 年 10 月 19 日

中国新时代

这是一个崛起的新时代
每一滴水都放射太阳的光辉
每一朵花都灿烂美好的事业
每一株树都澎湃参天的喜悦

这是一个梦想的新时代
每一缕风都亲吻着青山绿水
每一团火都迸发青春的光焰
每一片霞都编织飞天的神话

这是一个拼搏的新时代
每一个人都撸起袖子加油干
每一支号角都情迷碧海蓝天
每一座城市乡村都阔步前进

这是一个神奇的新时代
每一粒种子都像石榴那样鲜艳
每一个孵化器都链接创新基因
每一支笔都声情并茂欢呼雀跃

这是一个自信的新时代
每一张笑脸都春色满园关不住
每一首歌儿都扬眉吐气势如虹
每一个风口都豪情满怀竞风流

这是一个宏伟的新时代
是不忘初心牢记使命的新时代
是中华民族伟大复兴的新时代
是构建人类命运共同体的新时代

这是一个骄傲的新时代
是永远赶考在路上的新时代
是共产党人发表新宣言的新时代
是中华热土雄姿英发的新时代

啊　中国的新时代

我们是一支手挽手肩并肩的队伍
啊 中国的新时代
让我们为富强民主文明和谐美丽
出发

脊 梁
——献给中国工人阶级

旧社会你是煤黑子
封建黑暗统治
是深不可测的地下矿道
旧社会你是铁路工人
无比沉重的命运
被压榨得难以喘息

开天辟地
诞生了中国共产党
你终于从恶梦中觉醒
起来！起来！起来！
全世界无产者团结起来
你失去的将是锁链
得到的将是整个世界

啊
党是先锋队
你是主力军
党是指路明灯
你是中流砥柱
为真理而斗争
为解放而斗争
为幸福而斗争
中华民族有了脊梁
中国人民有了希望

啊
高举旗帜
传播马列
武装暴动
披荆斩棘
党领导的民族解放事业
让你百炼成钢
不断成长壮大

为人民谋幸福
为民族谋复兴
共产党人初心不改

中国人民冲锋陷阵
终于迎来划时代的 1949
中华人民共和国成立了
中国人民从此站起来了
贫穷不是社会主义
全心全意依靠工人阶级
宁可少活二十年
也要拿下大油田
大庆油田横空出世
彻底甩掉了贫油帽子

鞍钢宪法
有了国企管理哲学
五朵金花
盛开中华工业文明
“四大乙烯”快马加鞭
“三桶油”引领能源发展
世界 500 强争先进位
中国企业突飞猛进
胜如雨后春笋

从进口依赖到世界工厂
从中国制造到中国智造
从中国商标到中国品牌
从产业振兴到经济腾飞
改革开放匠心独运
一带一路合作共赢

啊
党与时俱进
人民与时俱进
伟大祖国自强不息
发展是硬道理
科技创新铸神剑
嫦娥奔月万象新
站起来富起来强起来
是时代最强音

来吧
两个一百年凝心聚力
团结就是力量
这力量是铁
这力量是钢
百炼成钢心向党
中华必胜梦成真

2021 年 3 月 30 于海南

八一颂

一撇横扫千军
一捺雷霆万钧
你是冲破黑暗
通向光明
人民解放的
冲锋号

一撇披荆斩棘
一捺浴血奋战
你是日寇胆寒
蒋军落魄
冲锋陷阵的
根据地

一撇上天入地
一捺巍峨奔腾
你是听党指挥
舍身取义
人民景仰的
纪念碑

一撇保家卫国
一捺勇往直前
你是手握神剑
科技强军
钢铸铁造的
新长城

一撇火眼金睛
一捺威震八方
你是来自人民
平战结合
战无不胜的
建设者

一撇初心不改
一捺使命光荣
你是重如泰山
气贯长虹
守护幸福的
中华魂

2019 年 8 月 1 凌晨

先 贤

谢灵运我所喜
陶渊明我所爱
徐霞客我所敬
欣欣真男儿

李白仙踪长在
杜甫草堂依旧
居易一望千寻
灼灼诗无邪

羲之曲水流觞
东坡沧海泼墨
真卿正大忠烈
洋洋开风尚

诗书得古趣
风物畅精神
地上本无路
天空岂有痕

中国之大
历史之久
先贤至伟
无与伦比

啊
江山留胜迹
吾辈复登临

2019 年 8 月 23 于北京

爱的真谛

国是我的国
家是我的家
一国两制平安才是福

心是中国心
人是中国人
东方明珠闪耀大中华

爱是无限爱
情是不了情
中华儿女命运永相随

手拉着手啊
肩并着肩啊
止暴治乱是美丽彩虹

太平山河壮
香江月色美
共建我粤港澳大湾区
大团圆是铁
大发展是钢
繁荣富强是不二法门

大和谐是天
大创新是命
峥嵘岁月要日夜兼程

新时代新香港
新使命新梦想
不变真理是勇往直前

新时代新香港
新使命新梦想
不变真理是厚德载物

新时代新香港
新使命新梦想
不变真理是自强不息

2019 年 9 月 9 日于北京

致敬！祖国

一次次快闪
一声声呐喊
一曲曲颂歌
一阵阵欢呼

高山海洋为您自豪
青春热血为您燃烧
初心使命为您锻造
辉煌奇迹为您献礼

致敬！祖国
我爱您五千年灿烂文明
我爱您千百次凤凰涅槃
我爱您无比地自信从容

致敬！祖国
我紧拥您宽广的胸怀
我常为您而泪眼滂沱
我道不尽心中的喜悦

致敬！祖国
我深情膜拜您抚摸您
我亲吻您温暖的嘴唇
我像奔腾激越的精灵

致敬！祖国
我永远热爱您追随您
您阔步前进一日千里
您高屋建瓴志在复兴

啊　敬爱的祖国
新中国七十载披荆斩棘
新中国七十载风光无限
新中国七十载感天动地

啊　敬爱的祖国
我爱新时代春光明媚
我爱新征程秋高气爽
我爱新号角气势如虹

啊　敬爱的祖国
我向美丽的祖国致敬
我向强大的祖国致敬
我向人民的祖国致敬

2019 年 9 月 20 日凌晨于北京

美丽的金凤凰

是金子总要发光
是凤凰总要遨游
大兴 大兴
一只美丽的金凤凰
风雨兼程一飞冲天

五年寒暑
五年筑巢
五年破壳
五年圆梦

大兴翼伏已久
北京寻觅已久
中国点石已久
世界期盼已久

啊　金凤凰
凤凰城下凤凰游

高科技是翅膀
高效率是密钥
集中力量
百事可为

凤其鸣兮
求其友声
科学人文
领异标新

左一撇 雄安
右一捺 廊坊
上一冲 云天
下一探 美食

精心设计人为本
匠心独运叹观止
一看羽翼渐丰

再看明明如月

啊
凤其美哉
凰其恋哉
凤凰之路
四通八达

东航　南航
国航　联航
英航　波航
马航　俄航
航航金凤呈祥
航航比翼齐飞

啊 美丽的金凤凰
啊 幸福的中国结

2019 年 9 月 26 日子夜于北京

阅兵式

我是一个兵
来自大军营
步伐很矫健
意志逐云天

一步江山万里
两步天下兴亡
三步不辱使命
四步勇往直前

啊
我的祖国
就是我的哨位
神圣国旗
映红我的笑脸
长江黄河
洒满我的汗水
崇山峻岭
抒写我的传奇
我目光如炬
朝阳为我定格
我昂首挺胸
明月为我回眸
我手握钢枪
风雨为我洗礼

啊
敬爱的祖国
我的初心就是祖国
我的使命就是祖国
我的荣耀就是祖国

祖国为我命名
祖国为我授旗
祖国为我号令
祖国为我喝彩

祖国挥手我前进
保家卫国我奉献
祖国强大我光荣
中华复兴我争先

啊
我是一个兵
来自老百姓
爱党爱国爱人民
千锤百炼团结紧

2019 年 10 月 1 日于北京

雄安颂

雄安之雄在壮阔
千年大计一望收
雄安之安在传承
中华复兴代代传

雄是脊梁
站起来富起来强起来
安在和谐
人与自然和谐万年长

雄是蓝图
雄关漫道真如铁
安在乐业
精益求精第一流

雄是钢铁
中华扬鞭志如钢
安在信念
而今迈步从头越

雄是青春
艰难困苦玉汝成
安在自豪
神采飞扬创奇迹

啊
中国梦　雄安福
殷殷期待大潮涌
中国梦　雄安福
人民是真正的英雄

雄安
箭在弦上
雄安
党是光荣伟大领路人

2019 年 10 月 19 日于雄安

啊！火箭军

久久地
我凝望高高的星辰
任时光流逝
风雨静立一隅
你像一往情深的红玫瑰
绽放在美丽的仲夏之夜

深深地
我憧憬浩瀚无垠的海洋
任逐浪的海豚穿梭飞翔
幸福的游艇快乐举杯
你像春天里的风信子
盛开朵朵灿烂的礼花

匆匆地
我领略栩栩如生的兵马俑
万马奔腾　白驹过隙
千年烽火台记忆犹新
唯有侵略者罪恶的铁蹄
时时踩痛苦难深重的历史

啊　火箭军
你惊艳你飘逸
你璀璨你温馨
你奔腾你坚定
你是文明的使者
你是和平的利剑
你是中华的神盾

十年磨一剑
利剑出鞘
百年开生面
箭在弦上
试看今日长缨在手
志在和平发展

莫道天高云淡
时刻警醒来犯
不畏月黑风高
早有火眼金睛

啊　火箭军
扬我军威国运
啊　火箭军
拱卫世界和平

2019 年 10 月 29 日于北京

伟大的坐标
——写给第二届中国进博会

地球是圆的
世界是平的
人心是热的
手拉手是命运共同体
肩并肩是发展新伙伴

共建共享共赢
和合和乐和平
有朋自远方来不亦乐乎
亲诚惠容信为本
协和万邦泰山移

横坐标是动能
纵坐标是势能
自由贸易商海如潮
和平发展势不可挡

全球化是动能
大趋势是势能
日出江花红胜火
春来江水绿如蓝

小小寰球
离不开自转公转
美好生活
更需要开放发展

横坐标是效率
纵坐标是质量
科学技术是第一生产力
携手创新焕发乘数效应
世道人心是最大公约数
一带一路早已穿云破雾

横坐标是中国梦
纵坐标是世界梦
美美与共梦想成真
美仑美奂精彩绝伦

横坐标是奋斗
纵坐标是成功
莫畏浮云遮望眼
只缘身在最高层

雄浑兮日月
沧桑兮世事
真理就是前进的方向
中华儿女多奇志
繁荣昌盛玉汝成

2019 年 11 月 6 日凌晨于上海

我爱紫荆花

我爱紫荆花
雍容和百态
最美年华才一卷
中华儿女同奋楫

我爱紫荆花
鲜亮如航灯
莫畏浮云遮望眼
爱国爱港高于天

我爱紫荆花
福祉系万家
佑国佑民同心结
同舟共济志如钢

我爱紫荆花
本是同根生
沧海横流何所惧
同仇敌忾正乾坤

我爱紫荆花
还我蓝天在
叱咤风云团结紧
魑魅魍魉一扫光

我爱紫荆花
中华是我家
蚍蜉撼树谈何易
一国两制安如山

我爱紫荆花
明天更美好
天与人归春来早
东方明珠灿如霞

2019 年 11 月 13 日于北京

幸福之花

——庆祝澳门回归20周年

濠江情 中国心
二十载心潮澎湃
二十载莲花盛开
二十载举世瞩目

每一朵浪花
都是幸福的传说
每一缕春风
都是欢快的音符
每一张笑脸
都是成功的荣光

“一国两制”众志成城
和谐发展一往情深
穿云破雾一帆风顺
鹏程万里一鼓作气

澳门的味道
美不胜收
同饮一江水
共唱一首歌
爱国爱澳一家人
幸福美满喜事多

澳门的经验
弥足珍贵
每一朵花儿
都阳光灿烂
每一派芬芳
都沁人心脾
每一段乐章
都精彩绝伦
每一个梦想
都通向富强

2019年12月20日于北京

我的祖国

您是慈母
长江黄河
是您的两行热泪
您是严父
三山五岳
是您伟岸的脊梁

您是书卷
浩如烟海
是您五千年的文明
您是史诗
自强不息
是您最嘹亮的凯歌

曾经的刀耕火种
曾经的沧海桑田
曾经的封建统治
曾经的民国宿命
曾经的战争风云
曾经的悲欢离合

一切不期而遇
一切雁过留声
一切重如泰山
一切不弃不离

您从羊肠小道走来
食不果腹
早已一去不复返
您从峥嵘岁月走来
看万山红遍
春风得意马蹄疾
您从新中国新时代走来
自力更生永远是青春之火
艰苦奋斗永远是不竭动力
中华复兴永远是幸福双桨

啊

党是旗帜

人民勇往直前

时代是号角

社会主义如日中天

追赶追赶追赶

发展发展发展

创新创新创新

奇迹奇迹奇迹

大江东去

壁立千仞

栉风沐雨

日新月异

啊

我爱您祖国

自信是灿烂的阳光

汗水辉映璀璨月色

我们牢记使命

我们一起奋斗

我们永续辉煌

我们共筑丰碑

2019 年 6 月 27 日于北京

文 明

你从直立行走开始
你靠刀耕火种延续
你让仓颉造字升华
你令易经魅力无限
你为曲水流觞喝彩
你用敦煌壁画代言

你在朝霞中揭幕
你在星汉间璀璨
你在高山上仰止
你在灵魂里重生
你在信仰下膜拜
你在诗情中澎湃

你为人类简史惊艳
你为千古风流礼赞
你为时代丰碑立传
你为精神传承接力
你为日月光华泼墨
你为光辉梦想注册

你比什么都强大
你比什么都执着
你比什么都稀缺
你比什么都珍贵
你比什么都关键
你比什么都重要

你重若千钧
你无与伦比
你所向披靡
你绵延不绝
你照亮真理
你启迪未来

2019 年 4 月 21 日凌晨

互联网

你是深不可测的海洋
有多少宝藏和垃圾
无法猜想
你是风光无限的美景
夜以继日的旅行者
与你一见钟情
你是呼风唤雨的殿堂
时间和空间交汇
既精彩纷呈
又雾里看花

喜欢你的人乐不思蜀
纠缠你的人量子穿越

你站在亮丽的舞台上
走着猫步唱着爱情
早有不法分子要惯伎俩
欺诈恐怖色情暴力
网络病毒游荡不息

你张开无垠之网
网罗多少梦中之人
你是太阳脉冲
冲破禁区魔咒
你是月宫玉兔
兔有百变之身
你是繁华寂寞
寞落辉煌灯火

有多少旗号飘扬
有多少黑客扑腾
有多少雄才大略
有多少悲欢离合
时代在变
灵魂不可出窍
技术在变

良心不要圈钱
竞争在变
信念最怕毁灭
幸福在变
和谐安宁永远不变

啊
不能一味脱实就虚
谨防食不果腹
不能任其虚头巴脑
必须加强监管
不能明修栈道暗度陈仓
一定要看庐山真面目

有多少理想瘦了
有多少骨头软了
有多少谋财害命
有多少兴风作浪
有多少劫后余生
深潜也好
弄潮也好
决不容浑水摸鱼
更不能无法无天

啊
魔高一尺
道高一丈
世上没有法外之地
网上不可随心所欲
趋利避害从头越

来吧
伸出你的手
拉着我的手
还你天朗气清
护卫美丽家园
铸造铜墙铁壁
来吧
伸出你的手
拉着我的手
让我们勇往直前
让我们镇魔降妖
让我们横空出世
让我们笑傲江湖

2018 年 11 月 9 日

江宁织造府

滚滚红尘
让历史扼腕
洗不尽的铅华
在府邸倾城倾国
让曹雪芹
一梦成蹉跎

红楼今安在
许得燕归来
旗袍犹芬芳
走过荣华富贵
走过风雨飘摇
走过大江东去
走过车水马龙
孰与争宠
云锦依旧俏江南

眼下的江宁织造府
像美女正襟危坐
在六朝古都红唇微启
欲语还休
欲罢不能
龙凤呈祥瑞
婀娜解说词

呵
绣娘何在
风流何在
历史徘徊已久
岁月思量已久
时代叩问已久
穿梭的行人依旧奔涌
纷飞的叶落依旧传情
过往的大雁依旧南飞

织机还在
机声还在
云锦还在
以蓝天作背景
以责任作担保
以台城作公证
实施大保护

去问问乌衣巷口
去问问大行宫阙
去问问绿水青山
去问问科学发展
爱我中华长江美
阴晴雨雪皆似锦

云锦是织出来的
浣溪沙女新妆美
大自然里织造忙
天工开物有灵魂
蓝天无价金不换

啊
珍惜吧
美丽的云锦
珍惜吧
美丽的时代

2018 年 11 月 3 日于南京

我们的城市

我们的城市很魁梧
她高耸的建筑惊风雨
她宽阔的道路向天涯
她绵延的社区很和谐
她深邃的怀抱里
总有吟咏不尽的诗篇

我们的城市很古老
她从远古走来
元大都已很现代化
宽敞悠长的主题公园
不管春夏秋冬
总荡漾着欢乐情怀

我们的城市很年轻
新中国是一次凤凰涅槃
每一次赶考都是超越
她在地铁里穿行
她在高铁上飞驰
她在太空中定位
她在人民大会堂鼓掌
她见证站起来富起来强起来的信念
凝成共识

我们的城市很美丽
她有荣光焕发的笑脸
她有气象万千的舞姿
她有博大精深的思想
她有日新月异的名片
她有雄心勃勃的画卷
她有只争朝夕的市民

我们的城市很伟大
她高举爱国的旗帜
她激发创新的动力
她凝聚包容的品格

她闪耀厚德的光华
她砥砺前进的智慧

我们的城市很精彩
她像母亲一样哺育
她像父亲一样承载

她每一天都令人心动
她每一天都催人奋进
她每一天都追求奉献
她每一天都创造奇迹
她每一天都通向幸福
她每一天都铭记使命

2018 年 6 月 5 日于北京

殷墟

你是千古一叶
怕后人失去记忆
便在甲骨上题诗

山很高　海很近
牛羊成群商人行
城很美　玉很贵
青铜贝壳宫墙美
王很帅　妇好勇
大象征战美名扬

奴隶制　常卜命
周公解梦殷商灭
中华魂　文明渐
代代相传有基因
三千三百日月新

爱中华　一贯之
保护文物不可轻
重申遗　重保护
一言九鼎责任大
寻根源　究天理
天人合一从头越

殷墟美　历史最
文化自信天地宽
爱祖国　爱人民
浩然正气共经纬

干一行　爱一行
励学敦行行万里
上太空　入沧海
改革创新新伟业
乘好风　践使命
加快发展展宏图

殷墟之魅殷墟在
中华文明滚滚来
殷墟之魅殷墟在

江山代有才人出
殷墟之魅殷墟在
攻坚克难向未来

2018 年 6 月 3 日

英 雄

不管你醒还是没醒
不管你在还是没在
不管你想还是没想
每个时代
英雄从未缺席

无论哪段历史
英雄相时而动
无论哪个时代
英雄垂名青史

英雄时代
不畏艰难困苦
英雄时代
不畏天崩地裂
英雄时代
不怕流血牺牲
英雄时代
唯有众志成城

英雄时代
从不缺少喝彩
英雄时代
从不缺少脊梁
英雄时代
鄙视狗苟蝇营

英雄时代
多有平凡之举
英雄时代
更显英雄本色
英雄时代
看阵阵青云出岫
英雄时代
听万古春风秋月

英雄莫问出处
英雄项背相望
英雄大义凛然
英雄销魂夺魄
英雄一往无前
英雄摧枯拉朽

英雄是正午阳光
与英雄相濡以沫
英雄是浪漫舞步
高唱着英雄赞歌
让生活充满阳光
让英雄顶天立地
让时代乡风慕义
让人人春风满面

啊
我们与英雄同怀共生
我们与英雄相亲相爱
我们与英雄相敬如宾
我们与英雄相见恨晚
我们与英雄共赴使命

英雄是国之柱石
为人人拥有蓝天
英雄是时代雄鹰
与众人展翅高飞
英雄是滚滚长江
与中华同舟共济

啊　中华风采
啊　英雄时代
出尽出来春
道尽道来秋
英雄志安在
自有后来人

2018 年 5 月 25 日

致首届中国国际进口博览会

打开一扇窗
世界很精彩
打开一扇门
朋友请进来
市场是会飞的
贸易是会追的
信心是会强的
翅膀长在脚上
动力长在心上
物质财富和精神财富
腾飞在繁荣昌盛的
康庄大道上

40 年改革开放
40 年风起云涌
40 年拼搏实践
40 年奋发图强
40 年开拓创新
40 年流光溢彩

中国发展了
从解放思想开始
从实事求是开始
从打开国门开始
从招商引资开始
从加工贸易开始
从引进技术开始
从世界工厂开始

中国成功了
从落后到追赶
从温饱到小康
从制造到智造
从小农经济到
第一大工业国
第一大贸易国

第二大经济体
从学习技术和管理
到创新和现代治理

中国贡献了
从中非减贫计划
从亚洲基础设施建设
从“一带一路”区域发展
从共建人类命运共同体
从欢迎“搭便车”“乘高铁”
从中国改革开放再出发

啊
中国就是中国
中国是属于中国人民的
中国是惠及世界人民的
中国是扬帆起航的大港
中国是共建共享共赢的海洋
中国是和平发展的希望
中国是朝气勃发的未来

2018 年 11 月 7 日

中国风范

中国开放的大门越开越大
中国发展的步伐越来越快
中国腾飞的信心越来越强
一夜好风吹 新花放万枝
资金 技术 资源
市场 人才 机遇
思想解放早已闸门洞开
新时代如开弓之箭
勇往直前

数字是什么
经济是什么
生活是什么
品质是什么
新动能是什么
横看成岭侧成峰
远近高低各不同
它是奔驰于街巷的新能源汽车
它是劲舞在戈壁滩的风电叶片
它是用手机轻轻一点
就可送达的高铁外卖
它是蓬勃发展的智能工厂
它是近在咫尺的共享经济
它是汪洋恣意的“云”服务
它是别开生面的科技创新孵化器

啊
中国的梦引人入胜
中国的人扬眉吐气
中国的机遇就是世界机遇
中国的翅膀就是世界引擎
“一带一路”覆盖了
全球百分之六十的人口
和全球三分之一的贸易
首届中国进口博览会
让世界商家云集

欢迎来中国赶集
欢迎来中国弄潮
欢迎抓住中国商机
欢迎搭上发展快车

中国朋友圈越来越大
中国贡献度越来越高
与中国打交道
不仅收获和平 友谊
还有更多实实在在的利益

中国所到之处
不仅带去了道路 桥梁
资金和企业
还带去了学校 医院
剧院和体育馆
和蓄势待发的经济

越来越多的中国人走出去
越来越大的世界舞台
充满希望和挑战
敢闯敢试 奋发有为
自尊自信 从容不迫

波澜壮阔的中国减贫计划
早已幅射到广大非洲国家
中国维和部队成为联合国
维和行动的中坚力量
中国白衣天使在非洲和中东
救死扶伤
勤劳勇敢的中国人民
无不真诚地诠释中国担当

啊
建设人类命运共同体
需要中国贡献 中国力量
国际货币基金组织总裁拉加德说
中国正在建造“通往繁荣的桥梁”
中国就是中国
中国夜以继日
中国大路通天
让我们聚精会神谋发展
让我们奋发图强争上游
让我们与世界同心大合唱
让我们高举和平繁荣发展主旋律
世界更美好 未来更幸福

2018 年 12 月 5 日

嫦娥奔月

在一个人类无比向往的地方
在一个想象力渴望抵达的地方
在一个千万年寒宫深锁的地方
在一个深藏不露奇妙莫测的地方
“嫦娥奔月”让全世界再一次
屏住呼吸

啊
40万公里日月穿梭
迢迢风烟起 地老天荒绝
虽然视线遥不可及
而心灵早有感应

带着远古的嘱托
带着青春的浪漫
带着探月的使命
飞越深空彩虹
飞越遥远黑暗
在无与伦比的悬念之中
在不曾设想的邂逅之中
婷婷玉立的嫦娥风尘仆仆
在月背上翩然降临
这让幸福的吴刚惊呆了
惊呆的还有那无边无际的洪荒岩石
还有那从未受到过打扰的茫茫磁场
这是无比神圣的后花园
这是冰清玉洁的处女地
这是不可思议的全家福

中继星会心地笑了
他想起了那棵老槐树下
目光炯炯的月下老人
快把最经典的祝福送给他们吧
快把最灿烂的笑容送给人类吧
笑是发自内心的
笑是发自宇宙的

笑是发自科学的

啊
车千乘　骑万匹
人类在月背才刚迈出第一步
天寒红叶稀　心路元无雨
这不仅是美妙的罗曼蒂克
这不仅是伟大的现代神话
这不仅是高科技的里程碑
这不仅是中国梦的千里眼
她是精神秋月　气度春风
她是时代号角　奋进之路
她是幸福神往　腾飞之翼

2019 年 1 月 12 日于北京

奥运是一次神圣的约会

奥运是一次神圣的约会
精卫衔枚 筑巢引凤
让全世界为之翘首以待

奥运是一次神圣的约会
绿色 科技 人文
五千年文明蓄势待发

奥运是一次神圣的约会
五洲四海 群英荟萃
和平发展 众志生辉

奥运是一次神圣的约会
太多的梦想 太久的期待
我愿做一只小小的候鸟
与奥运健儿一起飞向神奇的鸟巢

奥运是一次神圣的约会
庄严的承诺 激情的舞蹈
我愿做一条奔腾的蛟龙
与奥运健儿一起弄潮于水立方

奥运是一次神圣的约会
长风逐日 白驹过隙
我愿做一匹昂扬的骏马
与奥运健儿一起奔驰在起跑线

奥运是一次神圣的约会
全新的蓝天 全新的高度
我愿做耸入云天的标杆
让奥运健儿飞越最新的高度

奥运是一次神圣的约会
举重若轻 举轻若重
我愿做闪亮的指示灯
让奥运健儿打破更多的世界记录

奥运是一次神圣的约会
精心梳妆 尽显智慧
我愿做殷勤而幸福的志愿者
让奥运健儿笑得灿烂 赛得开怀

奥运是一次神圣的约会
万众屏息 时光凝聚
我愿做那支清脆悦耳的发令枪
让奥运健儿如有神助
创造一个又一个
更快更高更强的奇迹

2008 年 6 月 29 日于北京

我是一片海

我是一片海
一片纯净的海
一片神奇的海
百川归海是我的誓言
雄浑凝炼是我的性格

我是一片海
海的这一边
有我出生的地方
海的那一边
是我梦想的地方

我是一片海
无论南海东海
黄海渤海
近海远海
海为龙世界
云是鹤家乡
向海图强志长存
奋楫追梦心常惬

我是一片海
和平鸽与我共舞
海魂衫是我羽衣
潮起潮落皆热血
大鹏展翅同风起

我是一片海
一片青春的海
一片阳光的海
一片美丽的海
一片幸福的海
我时时刻刻
守候这片海
擦亮这片海
耕耘这片海

我是一片海
永远放飞
海一般的情怀
永远呵护
海一般的荣誉
永远亲近
海一般的宁静
永远创造
海一般的文明
永远传承
海一般的精神

2019 年 4 月 24 日凌晨

初 心

你似星星之火
你似旭日东升

虽有蹒跚学步
虽有迷津苦渡
你为真理而生
你为理想筑梦

有你
方能寻觅救国之路
有你
方能振臂南湖红船
有你
方能簇拥井冈烽火
有你
方能谱写长征组歌
开国大典
是你的里程碑
人民民主
是你的主心骨
自力更生
是你的凌云志
改革开放
是你的大手笔

你是中华魂赤子心
你是千秋业幸福脸
你修齐治平担道义
你继往开来践使命

啊
我爱你无怨无悔
我爱你天朗气清
我爱你矢志不渝

我爱你勇往直前

你在故我在
你在我相随

2019 年 6 月 16 日作于北京

丝绸之路

你在千年之外
你在万里之遥
你还是那个你吗
你还在等我吗

大漠孤烟直
氤氲能通神
雄关启深锁
大美更撩人

由近及远
由远及近
由点到面
由面到线

骆驼还在
驿站还在
敦煌还在
月牙泉还在

风雨沧桑
山川形胜
史诗交响
痴梦释怀

几番兴衰成败
几度耦断丝连
几近湮没不复
几世嘤其鸣兮

你是幽深的影
你是流动的梦
你是浓烈的情
你是奔腾的爱

你是人类历史上
绵延时间最长
里程跨度最长
幅射力最强的天路

你是艰辛之路
你是幸福之路
你是人心之路
你是辉煌之路

你重燃青春之火
你重放璀璨之光
你重挥神来之笔
你重续不朽之篇

你一丝一缕总关情
你一笔一画总销魂
你一颦一笑总有声
你一来一去总有缘

你有和平繁荣之美
你有开放包容之美
你有合作进取之美
你有文明互鉴之美

2019 年 6 月 20 日于北京首都国际机场

为美好生活加油

美好生活从哪里来
千万次的寻觅追求
千万次的勘探开发
千万次的催化裂化
千万次的披荆斩棘
千万次的蒸蒸日上

远远地
翻过一座座高山
深深地
趟过一条条大河
逢山开路
遇河架桥
我们开的是心路
我们架的是天桥

心比天高
志比铁坚
飞比鸟高
梦比蜜甜

迎着朝霞
踩着晚露
人勤春早
大漠许愿
翻过去的一页页
虽历经沧桑
无不沾满鸟语花香
虽默默无闻
无不诉说春华秋实
虽一去不返
无不曾经感天动地

闻着石油芬芳
揣着石化梦想
挥洒青春热血

凝聚文明光华
传下来的一棒棒
无不重比千钧
写下来的一篇篇
无不鉴古铄金
耸起来的一座座
无不铁血柔情
唱起来的一首首
无不辉耀史册

不只是感动中国
不只是感动石化
不只是感动社会
不只是感动人生
不只是感动时代

一曲曲赞歌
就是爱我中华
振兴石化的
初心使命
一个个奇迹
就是中国工人阶级
最伟大的
奉献精神
科学精神
劳模精神
工匠精神
创新精神
时代精神

啊
山还是那座山
梁还是那道梁
路还是那条路
心还是那颗心
情还是不了情

爱国爱家爱石化
碧水蓝天从头越
手拉手　肩并肩
不忘初心担使命
加快发展立新功

为美好生活加油
为美好生活加油

2019 年 7 月 3 日子夜于北京

春天之路

美丽的春天
让我们伸长脖颈
用从未有过的渴望
拥抱与她的约会

歌唱的种子
一往情深
前呼后拥无比兴奋
一个个迫不及待地
播入春的诗行

苏醒的春笋
争先恐后
一枝两枝三枝
举起漫山遍野的笔尖
尽情挥洒

垂杨不甘落后
摩拳擦掌
许下沉甸甸的诺言
不求经天纬地
但求舞动春风

啊
烟雨江南春烂漫
北国春晖花满枝
春雷般的掌声
激荡人民代表们的心声
在伟大祖国首都
北京人民大会堂里
如火如荼的春天
如琢如磋的春天
繁花似锦的春天
振奋人心的春天
早已让全世界的目光

充满期待
也许种子太小
但信念比天还大
也许春天太忙
但丝毫不可懈怠
一年之计在于春
春天之路
是美丽幸福之路
是改革开放之路
是蓬勃发展之路
是百年梦想之路

一个个不忘初心
一个个任重道远
一个个励精图治
一个个蓄势待发

春天是伟大的
她肩负厚重的历史
春天是鲜活的
她昭示崭新的未来
春天是激昂的
她鼓舞奋进的人民

春和景明花相似
岁岁年年人不同
人和自然
天人合一
春风得意
万马奔腾

啊
春天的呼唤
是最深情的呼唤
春天的故事
是最动人的故事
春天的向往
是最美好的向往

心心念念都是爱
万紫千红总是春
伟大祖国
因使命而义无反顾
美好人生
因追求而生机勃勃
崭新时代
因执着而信心百倍

春生于季节
植根于心灵
成就于梦想
让我们用热血和汗水
沐浴春风
让我们用拼搏和智慧
抒写辉煌
让我们用责任和担当
铭刻历史

2019 年 3 月 17 日于北京

读 你

——记陈俊武院士

读你
当年你选择专业
贫穷落后的中国
必须小心翼翼
那只制油小脚
还不如三寸金莲

读你
多少个日夜你碾转反侧
不知道贫油帽子戴多久
但报效祖国决不怕艰辛
你脚下总有一条路
你梦中总有好望角

读你
你如饥似渴
用一笔一画绘着图纸
你像海绵吸水
对着那片大海
一画就是半年
一飞就想冲天

读你
你知道初心和使命
干一行钻一行
博览群书触类旁通
群策群力别有洞天
一进工地
你就恋恋不舍
哪有工程
你就神采飞扬
攻坚克难
你永远乐在其中

读你
你敢于挑战瓶颈

你敢于翻山越岭
你敢于废寝忘食
你敢于异想天开
金花桂冠不是奇遇
硕果累累岂能等闲

读你
你大爱无疆润物无声
山高我为峰
天蓝云为镜
计利当计天下利
扬名当为中国名
创新是激发出来的
创新也是沉淀出来的

读你
你近七十年职业生涯
云卷云舒
始终如一
只会创造不会享受
只为奉献不为自我
律己正人诲人不倦

读你
你身为院士
又很平易近人
你朴实无华
永远心无旁骛
你惯于骑行上班
再老也去挤公交
妻女住院难忘工作
难得送一餐暖心饭

读你
你不走世俗路
你不住大房子
你不为子孙谋
你不为钱财累
你习惯捐资助学
你全力奖掖后生
你勇于引领方向

你就是行业教科书
你就是神奇创新曲
你就是永远感动中国的
光辉典范

2019年3月27日凌晨

资治通鉴

事有毕至
理有固然
要看前途
一定要看历史

人民是人
历史是镜
人民是本
时代是命
人民是历史的创造者
人民是真正的英雄

英雄无敌
沉默是金
英雄至善
礼义廉耻
国之四维
赤子之心
可昭日月

善可为法
恶可为戒
治乱有术
安民有道
江河之性
沉浮维艰

司马匠心
历久弥新
存亡兴废
至理明正
中华文明
浩浩荡荡
立党为公
周期有率
成功有路

党建领军
深化改革
扩大开放
民主法治
人民至上
绿色发展

四海八荒
一带一路
友朋天下
同舟共济
经略世界
和平发展
创新第一

资治通鉴
鉴古铄今
世界文明
星汉璀璨
中华儿女
奋斗不息
再创辉煌
责无旁贷

2019 年 5 月 1 日赴响水高铁途中

致青春

迎春花盛开
流星划过茫茫海面
如夜萤蜂拥而至
如火如荼的岁月
像沉重的行李
一头扛在肩上
一头交给希望

一路走来
有崇山峻岭
也有大片的开阔地
风筝鹤舞云天
出手不凡
不落的太阳
像永恒的初恋

月圆月缺
晨钟暮鼓
潮涨潮落
物是人非
忽然翻身起坐的
不只是我
还有那一趟趟
轨道班车

青春是什么
奋斗是什么
幸福是什么
或有白酒的干烈
红酒的香甜
啤酒的爽快
但总少不了
汗水和泪水的苦涩

2019 年 5 月 4 日于 G482 途中

科 学

你是逶迤神奇的水墨画
时而朦胧 时而清亮
时而绵延 时而凸凹
你有山有水 有树有花
你有灵有犀 有志有仁
你千百年来风雨无眠
你惊世横空异军突起

你令伽利略神魂颠倒
你令哥白尼喃喃私语
你令庄子为鲲鹏大展
你令祖冲之妙笔生花
多少古圣先贤跋山涉水
多少现代文明扬帆远航

你是丛林探险者的宣言
你是四大发明的火种
你是天工开物的后裔
你是超级计算的荣耀
你是巍巍中华的天眼
你是哥伦布的新大陆
你是时间简史的翅膀
你是量子缠绕的悸动

你是创新思想的竞技场
你思极无限 覆水可收
你星月揽胜 无处不在
你推陈出新 所向披靡
你见贤思齐 生生不息
你为求证求生者而来
你为献身献策者而来

你有凿壁偷光的传奇
你有城门立雪的虔诚
你为天体论七窍洞开
你为进化论欣喜若狂

你在超维空间里耕耘
你在瞑瞑天问中前进

你来自自然王国
你想往必然王国
一万年太久 只争朝夕

人类需要底线
人类需要道德
人类需要法律
人类需要使命

你向哪里去
人类向哪里去
谁是工具 谁是主宰
谁是幸福 谁是恶梦
为伊消得人憔悴
我为你狂
我为你歌

2018 年 3 月 25 日

护士长

让人动心的不只是你的名字
天地之大 远方之美
也许你太平凡了
你终日行走在病房斗室之间
你千万般劳作如一日
自是心中有大爱
或许在来来往往的人群中
很难找到你匆匆倩影
而在病痛煎熬的世界里
你是永远凌寒盛开的一剪梅

让人温暖的不只是你的芳华
也许你没有靓丽的时装和鲜花
你熬红了多少冉冉升起的旭日
你镀亮了多少暗淡无光的倦夜
你支撑了多少苦难幸福的笑脸
你赶走了多少医患的苦恼
你忍受了多少难以承受的磨砺
你心中总默默装着他人

你陪伴多少至亲至爱的人们
从陌生到熟悉
从敬畏到亲切
从世俗到清新
从客气到服气
从交往到交心
有多少美丽曲折的故事
有多少心甘情愿的奉献
也许距离产生美
而近距离的爱更美
也许你没有光鲜闪亮的聚光灯
也许你没有载歌载舞的浪漫曲
也许你没有惊天动地的大手笔
你在无微不至的照料中穿梭
你在释疑解难的浪尖上掌舵
你进一步鬼神恐惧

你退一步海阔天空
你的坚强守护
足以令华佗始祖点赞
你的精湛从容
足以让疾病困惑折腰

你不怕临险涉深
你不怕含辛茹苦
你不怕夜以继日
你不怕重重考验
你亲诚至善的目光
足以让一切化险为夷
足以让疑难杂症退避三分
你有博大仁厚的同理之心
你有润物无声的和风细雨
你有手到病除的坚定信心
你在默默无闻中绽放
你在点滴付出中走向辉煌

2018 年 4 月 15 日下午

马克思

您来自一座特里尔小城
怀抱为人类而工作的志向
虽饱经病痛流亡困苦
也要为广大无产阶级
打造最强大的精神武器

您无比光辉的名字
令我们耳熟能详
您无比灿烂的思想
令我们为之神往
您无比伟大的事业
令我们坚韧不拔

您是一把金光璀璨的钥匙
划破旧世界的黑暗
为无产阶级打开解放之门
您是一支感天动地的神曲
手拉手肩并肩心连心
让全世界为之热血沸腾
您是一支照彻星空的火炬
任凭历史风云变幻
无产阶级革命者步步生辉

您是一个伟大的蹈奋者
您为真理而生为真理而战
您时刻听从真理的召唤
从唯物史观到剩余价值理论
您磨穿铁卷 横空出世
终以彪炳千秋的马克思主义
一言鼎为天下法

您是一面伟大的旗帜
您在 19 世纪的思想转变
让空想社会主义
向科学社会主义华丽转身
这是人类思想史上的飞跃

您是共产主义思想的火种
一经在中国大地播撒
便成为中国共产党人的活灵魂
毛泽东思想 邓小平理论
“三个代表” 科学发展观
习近平新时代中国特色社会主义思想
一代又一代如火如荼
一位又一位矢志不渝
中国人民群情振奋意气风发

今天是您200周年诞辰
您不仅属于过去
更属于中华民族的未来
潮平两岸阔 风正一帆悬
新时代中国特色社会主义
就是21世纪的马克思主义
让我们淬火新时代
追寻中国梦
让我们不忘初心
不辱使命
让我们团结奋进
永攀高峰

2018年5月5日于北京

红旗渠

你是人民心底的甘泉
你是时代英雄的诗篇
你是苦难辉煌的赞歌
你是共产党人的初心

你用钢钎铁锤筑就
你用土法测绘和土炸药裁剪
你神兵天降十年功
你处处彰显鲁班志

你指挥浩浩荡荡的
独轮过山车队
你手拉肩扛担挑
百丈悬崖如平地
你身轻如燕
在千山万壑中飞荡秋千
你让巨石臣服
在浩如烟海的时空列队
你让日月星辰惊叹
辉映碧水丹山

啊 老书记 老劳模
突击队长 女党员
十万农民人心齐
六两粮食拌树皮
愁吃愁穿不要紧
劈开太行幸福长

你屹立了半个多世纪
你造福了半个多世纪
你激昂了半个多世纪
你让龟裂的大地生津止渴
你让漫卷的红旗轻风徐来
你让伟大的人民丰碑永存

你是又一个愚公移山
你是又一次淮海战役
你是又一支长征组歌
你是又一座伟大工程

周总理说
你是新中国的奇迹
老百姓说
你是共产党的壮举
太行山说
你是新时代的宣言

啊　红旗渠
你不仅在于引漳入林
更润泽了每一个
中华儿女的心田
你不仅在于自力更生
更激荡着新时代
团结奋进的基因
你不仅在于奋发图强
更见证着中国梦的
伟大和创新

啊　红旗渠我来了
我们还有千千万万个
时代英雄
我们还有千千万万个
幸福工程
我们还有千千万万个
时代丰碑

2018 年 6 月 2 日于红旗渠

脱贫攻坚赞

——献给2019感动中国人物黄文秀

你从贫困山区走来
你乐观开朗积极向上
在社会帮扶资助下
你从北师大硕士毕业
主动放弃城市返乡

你说要感恩
要回报家乡
你是大山的女儿
你是贫困村第一书记
你把韶华献给扶贫事业
这就是你的长征

你挨家挨户走访
与村民探讨致富经
你引进砂糖橘种植技术
你教村民们做电商
乡亲们收入提高了
已有88户脱贫
有的盖起新房子
还有更多美好憧憬

啊　你太高兴了
你用自己的钱
去买了一坛酒
准备在全村脱贫时
大家开怀畅饮

脱贫攻坚激励着你
幸福梦想唤醒村民
大家信心百倍
全村脱贫胜利就在眼前

但在一个雷电交加之夜
你放心不下乡亲们
你连夜开车往村里赶
你这辆车不久前
跑过两万五千里

奈何山洪肆虐
冲毁了道路
你前后受阻
竟被无情地冲走
你不愿这样离去啊
你要与乡亲们一起奋斗
乡亲们真的离不开你

可是你真的走了
乡亲们流着热泪
你办公室那顶好大的草帽
还浸润着你辛勤的汗水
你那本扶贫日志
工工整整地记录着
你一串串扶贫足迹
和一个个温馨故事

你酷爱的那本《西行漫记》
因为你的离去而格外孤单
莫非你们曾经约定
要把对历史的传承
在新时代发扬光大

啊
脱贫攻坚需要你
功成不必在我
功成必定有你
那坛庆功酒芳香四溢
待到脱贫捷报传
全村人把酒言欢
一定要请你坐上席
大家要让你共同见证
这大山里最美丽的传奇

2020 年 5 月 19 日于北京

世界环境日有感

感受你如一抹远山
任云遮雾绕
任虎啸猿啼
你举重若轻
锱珠分明

感受你如一品仙子
无论四季变幻
无论绿肥红瘦
你花开有意
俏不争春

感受你如一道彩虹
不管风吹雨打
不管沟壑天堑
你驾鹤驭龙
锁定乾坤

感受你如一泓清泉
何必浓妆淡抹
何必追云逐月
你不著一字
尽得风流

2020 年 6 月 5 于北京

抗 洪

顶着风雨
枕着涛声
多少个日日夜夜
决战抗洪大堤

大堤是天
大堤是地
兵来将挡水来土掩
顶天立地固若金汤
永远不变的
是党和人民的意志

撼山易
撼中华难
同仇敌忾总动员
武警官兵英雄善战
地方干群奋不顾身
上下同欲八方驰援

洪水一寸寸地涨
大堤一尺尺地垒
人心齐　泰山移
两强相遇勇者胜
人民生命财产高于天

不怕山雨欲来
万水千山只等闲
不怕洪水过大
防线胜过万里长城
人在堤在信心在
决战决胜是不变的逻辑

奋进兴邦
莫道洪水猛兽
团结就是力量
科学佑国佑民
今日大禹仍在

守我太湖
护我长江
保家卫国齐上阵
定可降妖伏魔

2020 年 7 月 15 日凌晨于北京

北斗颂

向前　向前　向前
征途是星辰大海
使命是指路明灯
你自强不息
初心不改

十年磨一剑
二十年更惊艳
三山五岳是你的发射架
四海八荒是你的瞭望塔
五洲风云是你的测速仪
繁荣昌盛是你的数据云

向前　向前　向前
人类文明永无止境
科学技术突飞猛进
中华儿女多奇志
披荆斩棘向未来

向前　向前　向前
任何无知傲慢短视
绝对没有出路
大地有了新的绘图仪
日月星辰齐上阵
呼风唤雨春满园

向前　向前　向前
你是创新突破的新起点
你是和平发展的新使者
你是为国争光的新动能
你是造福人类的凯旋门

啊
仰望星空最璀璨
向前 向前 向前
精心 精准 精益
时代和时空在召唤
惠及天下
品类万象

2020 年 7 月 31 日晚于北京

深圳！你好

也许是试水
也许是随笔
就那么轻轻一挥
偌大的中国绽放新颜

从此
南海侧耳倾听
浩浩荡荡的追梦人
澎湃每一个中国人的神经
从此渔村焕彩
时间就是金钱
效率就是生命

啊
千年等一回
深圳大变样
让全中国欢欣鼓舞
让全世界目不转睛

小小渔村
深一脚　浅一脚
偌大的中国
开始摸着石头过河
谁说贫穷落后的帽子甩不掉
天大的梦想已经插上翅膀

从深圳速度
到中国模式
从计划经济
到市场经济
东方风来满眼春
中国特色社会主义
如日中天

从改革开放试验田
到锦上添花万象新
从世界工厂

到中国硅谷
从特区巨变
到粤港澳大湾区比翼齐飞

啊
深圳变了
中国变了
世界也变了
变则通　通则达
改革开放的大门越开越大
中国欢迎五洲宾朋
守正创新的动力越来越强
中国惠通八方财源
天行健
君子以自强不息
百年未有之大变局
机不可失
团结就是力量
苦干实干兴邦
双循环蓄势待发
大智慧众志成城
踏平坎坷成大道
伟大复兴中国梦
一定会成为最美好的现实

2020 年 8 月 27 日于北京

时代之歌

每一个时代
都有一个主旋律
新时代之歌
比天空深邃高远

一山一水一世界
一家一国一造化
厚德载物自强不息
莫畏浮云遮望眼

真理从不怕打压
科学从不怕强权
和平从不怕阴谋
发展从不怕挑战

团结就是力量
奋进就是法宝

啊
太平洋之大
大鹏展翅同飞起
愈是艰险愈向前

人间正道是沧桑
时代文明洪流滚滚
和平发展必胜
公平正义必胜
创新共赢必胜

2020 年 9 月 5 于北京

啊！开山岛

家就是岛
岛就是国
家国情怀
肝胆相照

山不在高
水不在深
岛为天筑
心似明灯

月黑风高夜
前哨有龙吟
沧海梦醒时
壮怀胜雷霆

啊
开山岛
你是英雄的座右铭
你是奉献的领航员
你是理想的铺路石
你是时代的教科书

开山岛
只要有一个王继才
就有千万个后来者
只要有一个后来者
就有千万座新丰碑

写不尽的青春风流
写不尽的海防日记
写不尽的爱国情怀
写不尽的伟大信仰

啊
开山岛
请给我一缕阳光吧

中华儿女齐奋进
精卫填海志不移
请给我一面国旗吧
人人都是升旗手

女娲补天一挥间
——敬礼！开山岛
——敬礼！大中国

作于 2020 年国庆之夜

赞第三届进博会

这绝不是一次寻常之会
共天地同风雨展宏图
安全发展高于天

这绝不是一次偶然之举
非常规新常态新机遇
雄心勃勃闯新路

新经济新时代
内循环外循环
改革开放的大门越开越大
老朋友新朋友
新技术新看点
全球发展的动力喷涌而出

不怕云遮雾绕
不怕新冠阻挠
同舟共济雄风起
百舸争流万象新

这不是一幅写意画
而是匠心独运的工笔画
一笔走龙蛇
一笔贯长虹
精益求精精彩绝伦
弄潮儿必向潮头立

啊　来吧
进博会有你
进博会有我
全球携手向未来
中国与您同在
世界满载而归

2020 年 11 月 3 日子夜

啊！浦东

三十年前
当我抬头注视
你这怯生生的名字
你开始沿着一道光芒前进

“宁要浦西一张床
不要浦东一套房”
一个个扎眼的问题
长着历史的稻草

穷则思变
一望无际的农田
不再静默
笛声盖过蛙声
人流激荡潮流
以陆家嘴为支点
转动时间之轴
江之永矣
夜以继日
黄浦江是一艘大船
一艘腾飞的大船
杨浦大桥是船舷
过江隧道是机舱
日新月异的宏伟规划
开启改革开放新航线

东方明珠横空出世
浦东机场日出东方
保税区车水马龙
自贸区升级换代
浦东变了
上海变了
浦东浦西成为绝世双雄

无论浦东浦西
无论东西南北
无论艰难险阻
改革开放的大门越开越大
中国特色社会主义繁花似锦

浦东 浦东
三十而立
你像一枚闪闪发光的军功章
高挂在新时代的胸前
你像一支无比雄壮的冲锋号
激励每一个中华儿女

2020 年 11 月 11 日子夜

凯旋

——贺探月工程嫦娥五号任务告捷

这不是现代神话
这是真正的“嫦娥快递”
在一个人类遥不可及的地方
绕　落　回
一气呵成
38 万公里眨眼之间

沙盘上的三步曲
上天有门　掷地有声
神奇的天体采样
举重若轻　举轻若重
打了多少腹稿
做了多少运算
念天地之悠悠
不过探囊取物
易如反掌

莫言蝼蚁搬家
胜似镂金琢玉
宇宙灿霞皆有声
锱铢必较任磅礴
月华朝露谁人识
价值连城梦成真

啊
挥手自兹去
萧萧班马鸣
中国的国旗
中国的科技
世界的盛宴
让探月精神精彩绝伦

来吧

生当吉日遂寰宇

欲挹神曦伏九坛

让人类插上翅膀

未来就是诗和远方

2020年12月17日于北京

啊！金莲花

——贺澳门回归 21 周年

三步生莲
五步生辉
婷婷玉立
欢天喜地

幸福挂在脸上
自信写在心间
脚底如擂响鼓
芳华根深叶茂

滚滚濠江侧耳听
抚今思昔泪涟涟
大三巴牌坊明镜悬
开天辟地好光景

官也街游人如织
澳门塔巍峨端庄
大炮台海盗遁行
妈阁庙神采飞扬

啊
21 载日出东方
21 载团结奋进
21 载硕果累累
21 载年年头彩

赞
金莲花幸运花
金莲郁莲美莲
莲花满目天地新
一国两制安如山

2020 年 12 月 21 日晨于北京

山海情诗

山还是那座山
海还是那片海
摸一摸心窝窝子
枕上百年事
听一听飞沙扬尘
走失了多少个夜晚

土丘荒漠废黄河
几代代人苦苦熬
找不到讨生活的希望
喊不出影子里的灵魂
受穷受苦的西海固
嗓子眼里冒青烟

吊庄户拉车一步步走
扶贫开发加马力
供水通电能登天
东西携手比翼飞

希望从每一个早晨醒来
阳光像锋利的爪子
抓得饥困落荒而逃
青春在勤劳致富中闪光
如火如荼地干呀
家家户户奔小康

一列列火车开进开出
一辆辆汽车打工归来
小蘑菇挣出个大产业
教书育人从娃娃抓

山是长出来的
海是育出来的
中华儿女心连心
绿水青山总是情
勤劳铺就致富路
任重道远如有神助

啊
这就是时代精神
这就是脱贫攻坚
这就是中华之魂
这就是创新发展

2021 年 1 月 26 日下午于北京

忆江南

春天是你的生日
春风是你的笑脸
春雨是你的秀发
春节是你的酒窝

你蹦着跳着笑着
牧童吹起短笛
小草齐声欢唱
梅花深情共舞
西施云中漫步

你与时间赛跑
你与日月对弈
你与唐诗共饮
你与云锦争辉

红楼梦似醒非醒
春江水款款东流
天翻地覆慨而慷
新时代健步如飞

啊
天干地支鱼贯入
流金岁月日日新
苍山披星戴月
云帆鹏程万里
你还是那吴侬软语
一刻不停地赶着
拓荒牛 孺子牛
老黄牛

我是那无人机似的风筝
五湖四海如平地
阅江楼上泪沾襟

啊

敢问红尘归来三杯酒

一杯敬中华复兴

一杯敬江南福地

一杯敬奋斗荣光

2021 年 2 月 14 日于北京

牛

多年前
你是爷爷的烟杆上
擦着火花的话题
夏夜里你摸着萤光
一闪一闪地向前
愁切多少风雨
一穷二白 青黄不接

一路走来
从包产到户到改革开放
从脱贫攻坚到乡村振兴
你驭来崭新的朝阳
照亮大山里的门户
你背负纤夫之爱
升起扬帆的明月
一路走来
你唤醒每一颗
掷地有声的种子
为最美好的希望出发

你倾听滚滚麦浪
你抚摸琅琅书声
你为希望小学高耸入云的
五星红旗欢欣鼓舞
梦寐以求的大山交响曲
早已交给诗和远方
在每一张风尘仆仆的高铁票上
来来往往

你还是那个你
你又不是那个你
你是雨后春笋的新农村
你是摩肩接踵的经济圈
你是改革开放奔腾不息

你是科技创新日新月异
你是精准抗疫众志成城
你是中华复兴捷报频传

啊
我们赞美你
我们热爱你
让我们一起仰望星空
让我们一起脚踏实地
让我们一起勇往直前
让我们一起加油冲锋

2021 年 2 月 18 日午时于北京

历 史

你是村头那棵不老松
历经风风雨雨万钧雷霆
满目沧桑傲然屹立
过往行人无不感慨
留下深深的注目礼

你是院子里那口万年井
不知凿于何年何月
深不可测日月如镜
考古学家的井绳长长短短
在显微镜上寻找前世今生

你是书房那枚上方纪砚
硕大无朋长满皱褶
有女娲吻过的印痕
有羲之留下的墨宝
世世代代奉若神明

读懂你的不是王侯将相
读懂你的不是过眼烟云
读懂你的
只有人民和真理

2021 年 2 月 21 日下午于北京

春 蚕

撩开春雨
珠圆玉润的门帘
一翻身
你便是江南盛事

这里最富有的
不止是鱼米之乡
多少烟雨小镇
因你而遐迩闻名
江宁织造府富可敌国

寻声望去
吴侬软语多姿多彩
沧海桑田含辛茹苦
你是我最爱不释手的诗句
翻山越岭梦几何
夜以继日醉不休

我迈步锦绣花园
我穿上绫罗羽衣
你是蹦蹦跳跳的娃娃
你是婀娜多姿的少女
你摇着慈母手中的金梭银梭
泛舟西子湖畔

你为岁月吟诗作画
你为理想抽丝剥茧
你为化蝶千古咏流传
啊　我将无我
舍我其谁

2021 年 2 月 23 日晨于北京

加油！中国石化

筚路蓝缕
创业艰难百事多
能源的饭碗
必须捧在自己手里

从来就没有
金饭碗铁饭碗
地下地上
充满风险挑战

给地球做 CT
为沙漠铺绿洲
“深地一号”
使命没有停靠站

页岩油　页岩气
乘风破浪
CCUS 一马当先
绿色低碳风光无限

一代人有一代人的追求
一首歌有一首歌的旋律
“油气氢电服”
为美好生活加油

啊　幸福驿站
站站有惊喜
携手乡村振兴
绿水青山从头越

时代突飞猛进
科学昂首飞扬
中国式现代化
是奋斗者的冲锋号

“爱我中华　振兴石化”

万众一心 乘风破浪

快马加鞭争第一

谱写高质量发展新篇章

2023 年 7 月 17 日于北京

科研之路

路难行
蜀道未必然
致良知
知行同一辙

出尽出来春
道尽道来秋

春华秋实
不忘初心

天生吾材必有用
吹尽狂沙始到金
化育天工
方得始终

2024 年 6 月 7 日晨于北京

你好！“小蛮腰”

你是一颗硕大无朋的
玉树琼花
义无反顾地擎起
改革开放的满天彩霞
你是一座昂首阔步的
引航巨人
楚楚动人地屹立在
意气风发的珠江南海

你目光炯炯
你秀发如云
你风华正茂
你傲视群雄
你是时代的集结号
你是奔腾的领头羊

啊
天下无双

东方飞来满眼春
白云出岫
同唱一首幸福歌

看花城花儿艳
莫不清水出芙蓉
任绝色神偷香
莫不天然去雕饰

你是凌波仙子
亭亭玉立
你是长袖善舞
春风得意
你是南天一柱
鉴古铄金

啊
敢问天上人间

品类万家灯火
踏破铁鞋无觅处
风景这边独好

2022 年 4 月 10 日晨于北京

书香中国

仓颉造字
炎黄同文
造纸印刷
横空出世

书存金石气
室有芝兰香
读书破万卷
下笔如有神

典籍里的中国
阅尽秦皇汉武
新时代的辉煌
逾越梦笔生花

纸上得来终觉浅
绝知此事要躬行
网络星辰日月新
量子科技昭华宇

数字中国开先河
创新创业天地宽
把论文写在大地上
不唯书只唯实

江山就是人民
人民就是江山
好写最新最美的文字
好画最新最美的图景

2023 年 10 月 1 日于北京

下篇

岁月感怀

父亲

少小时
父爱是一双大手
大手拉小手
日月笑呵呵
小手拉大手
美妙胜童谣

上学时
父爱是一行工整的字
父写一行在上
我写一行在下
字里行间都是爱
青出于蓝胜于蓝

长大时
父爱是一棵高大的树
门庭有绿荫
风雨吹不进
哪怕前程远
初心胜黄金

离家时
父爱是一双伟岸的肩
担着阳光雨露
担着星光灿烂
担着谆谆教导
担着乐观自信

回家时
父爱是满园天伦之乐
迎来梦想成真
迎来成家立业
迎来含饴弄孙
迎来欢声盈盈

绝别时
父爱没带走一根草
走得太突然
走得太遗憾
没生一场病
没留一句话

啊
父爱是什么
父爱是什么
父爱是一块最甜的糖
永远衔在嘴里
父爱是一条最长的河
永远奔流心底
父爱是一座最高的山
永远神往纵览
父爱是一首最美的歌
永远深情动人
父爱是一道最深的辙
永远伸向远方
父爱是一股最大的力
永远顶天立地
父爱是一种最牢的爱
永远无法破解

2018 年 11 月 27 日凌晨

母亲

日出东方
我是您膝下的二月兰
春天就是我睁开的眉眼

如日中天
我是您院子里的梧桐
成长就是悠然拔地而起

夕阳西下
我是您手中的针和线
母爱就是望不尽的天涯

啊　岁月如歌
紫燕起舞就是您的笑容
雨后斜阳就是您的呼唤
雪中送炭就是您的温暖
梦想成真就是您的福音

不用缝补浆洗
您的爱永远灿如夏花
纵然望眼欲穿
您的爱永远日月经天
何必惜字如金
您的爱永远浩如烟海

2020 年 5 月 10 日于北京

回家的人

回家的心情
在网上挂了很久
冬天的风很冷
火热的心很烫

那一趟列车
自很远的地方开来
仿佛从天边开到眼前
从黑夜开到黎明

我听见
梦乡打湿枕边的泪
我嗅到
儿时不变的年味
我紧吻
家人香甜的笑脸
我舞动
天边奔跑的日月

回家的人
是最幸福的人
回家的人
是最浪漫的人
回家的人
是最美满的人

回家的行程
既远又近
回家的脚步
既重又轻
回家的巷子
既浅又深
回家的门槛
既熟又生

回家的人
打了多少腹稿

扛了多少辛劳
背了多少行囊
揣了多少希望

回家的人
把心情斟在杯中
把快乐比作春风
把团圆搂在怀中
用最贴心的话
祝福新年
用最温热的情
勾兑相思

回家的人
相见何必曾相识
回家的人
相拥常常又别离

2010 年 12 月 6 日于北京

父爱如山

你虽然远离家乡
但你最明白爱的份量
你的爱是钢
你的情是铁
你坚强的背影说明一切

你勇于担当
你承传希望
你的大仁大义
是最宝贵的财富
甚至你的爱与牵挂
让你不再想家

因为
一切呵护都带着翅膀
一切信赖都充满芬芳
一切给予都通往幸福
一切牺牲都凝成绿洲

2007 年 6 月 17 日父亲节

春 节

你是那串甜美的糖葫芦
让每张笑脸洋溢着幸福
你是那朵鲜艳的迎春花
让所有目光定格在团圆

你是大街小巷的红灯笼
通会之际无不欢欣鼓舞
你是信心爆棚的祝酒歌
听得天南海北热泪盈眶

啊
不管脚步近了远了
不管曾经是喜是忧
不管忙与不忙
你是岁岁头条

举目而望
你编织多少人文历史
成就千载悠悠的中国结
你阅尽多少世事沧桑
总有数不尽的美丽传说

执手相握
多少人为你魂牵梦萦
多少次盼你喜从天降
多少番与你一醉方休
多少年同你如影随行

你是吉祥安康的代名词
你是财源滚滚的藏金地
你是至美生活的欢乐谷

你是亲情相守的制高点

啊

你与家国同运

你与幸福同名

你与中华同根

你与大爱同行

2020 年 1 月 21 日晨于北京

家

想你时梅花盛开
奔你时不舍昼夜
咏你时天下无双
赞你时活力四射

家在根在
根在缘在
缘在爱在
爱在情在
情在念在

远近高低都是家
大小无妨是港湾
天外有天
家有洞天
山外有山
家声五岳

归去来兮
家有春风
千万里天涯咫尺
围炉夜话皆年味
你在哪　我在哪
人在旅途
爱是秤砣
人在家乡
爱是从容

啊
家有千里眼
家是加油站
家有福中福
家美金不换

2019 年 2 月 2 于南京

悦读

与书邂逅
清听紫燕呢喃
与书邂逅
阅尽人间春色
与书邂逅
兴怀望梅止渴
与书邂逅
但得沧海一粟

与书邂逅
不为追逐名利
与书邂逅
当如诸葛躬耕
与书邂逅
难能受宠若惊
与书邂逅
企盼甘霖洗心

与书邂逅
惯看皓首穷经
与书邂逅
矢志自强不息
与书邂逅
但驾一叶孤舟
与书邂逅
不期星光璀璨
与书邂逅
品鉴石破天惊

与书邂逅
有多少百鸟朝凤
有多少万国来仪
有多少汉唐时风
有多少高山流水
有多少飞来神笔

有多少浩劫余生
有多少葱茏笑靥

与书邂逅
细数春风秋雨
激荡万马千军
驰骋海枯石烂
感佩玉汝于成
畅游曲水流觞
卜邻王杨卢骆

与书邂逅
莫问昨夜西风
莫问衣带渐宽
莫问上善若水
莫问灯火阑珊
莫问朝乾夕惕

与书邂逅
采日月之精华
与书邂逅
赞青春之不老
与书邂逅
纵横锦绣河山
与书邂逅
永远奔跑在路上
与书邂逅
像蜗牛一样旅行

咏 雪

如期而至
如约而行
漫天飞舞
满目鸿鹄

胜似吴侬软语
赛过白菊吐艳
势当万里飞瀑
好一场表白
穿越千山万水
好一番缱绻
只缘精神如灯

珠光玉润心相印
计白当黑处处白
从思想到思想
是最伟大的旅行
从无为到有为
是最功利的超越
或因颜如舜华
这才悠然神往
或因天人合一
这才一心一意

俯仰之间
任重道远
落笔之处
莫不生辉

啊
一场雪 一场梦
蒲花柳絮去不返
竹针麻线入丝扣
只盼车碾马踏
更喜朝阳春晓

2019 年 12 月 16 日清晨于北京

乡 愁

乡愁是装在心眼里的
比大海还大
比针脚还细
比天空高远
比月色朦胧

乡愁是长在岁月里的
任凭东西南北
不问长短高下
纵然遥不可及
总是悱恻缠绵

乡愁是系着亲情的
乡愁是吸着磁铁的
乡愁是弯着新月的
乡愁是听着虫鸣的
乡愁是闻着犬吠的

乡愁牵着小手
乡愁放着风筝
乡愁飘着年味
乡愁赤着双脚
乡愁穿着棉袄

乡愁长着翅膀
乡愁托着腮帮
乡愁含着泪水
乡愁端着酒杯
乡愁美着梦乡

啊　乡愁
人生不识愁滋味
唯有乡愁重千钧

2018 年 10 月 6 日于北京

太平洋放歌

山高登顶我为峰，
太平洋上问太空；
天朗气清星云涌，
万籁潮音襟袖歌。

往来千钧及时雨，
谈笑渴饮寄方舟；
涛声滚滚似雷鸣，
电闪月辉万霞中。

常思好风旦夕暖，
寰球凉热传古今；
安步当车等闲事，
过眼云烟彩虹飞。

坐地日行八万里，
巡天遥看万千河；
自强不息人为本，
厚德载物尽朝晖。

世界文明共溪地，
仙果神山真风物，
丰饶绝胜天外天；
五洋排山倒海处。

车水马龙何所至，
世外桃源惊万殊；
世事洞明皆学问，
不废诚朴敦化功。

巍巍中华铸众志，
励精图治好扬帆；
和平发展曰真理，
吾辈更须用力撑。

铁肩自当担道义，
匹夫有责日月新；
莫畏浮云遮望眼，
为有牺牲多壮志。

泱泱中华凝心力，
扬眉吐气勤挥鞭；
天涯海角好筑梦，
同舟共济赋华章。

2017 年 5 月 1 日于大溪地

婉约江南

婉约江南
常常令我纤若女子
金黄金黄的油菜花
是我淘气而挺拔的辫子
东一甩
烟雨朦胧
西一甩
群蜂飞舞

婉约江南
柳丝绵软悠长
睫毛楚楚放光
池塘里的游鱼
在春天里疯长
而村口那只玩皮的小花猫
总幸福地
守候它的主人

婉约江南
是我永远的行囊
不管拿起放下
不管打开合上
总让我烂熟于心
璀璨于意
痴迷于梦

婉约江南
无论走遍大江南北
无论远涉万里重洋
无论酸甜苦辣
无论荣辱进退
天高不知处
地厚万里心
想她的时候
总让我这游子泪眼婆娑

婉约江南
是我的昨天
是我的今天
是我的明天
她让多少血性男儿
魂牵梦萦
她让多少柔媚女子
温润而生
啊
婉约江南
谁不说咱江南好
你就是江南
我就是江南
她就是江南

2018 年 1 月 11 日

乡愁

在一个放声啼哭的地方
在一个咿呀学语的地方
在一个祖胸爬行的地方
在一个要人抱要人疼的地方
世上独一无二

爱是乳香
爱是明灯
爱是血脉
爱是长征

一走便是天涯
一飞便像风筝
一晃便是多年
一想便是泪点

泪水是甘泉
天下无双
泪水是河流
莫问东西
泪水是灵药
滋养心性

人生没有忘情水
亲情才是四季歌
有家有娘最幸福
酸甜苦辣金不换

家在哪儿
心便在哪儿
家在哪儿
根便在哪儿
家在哪儿
肺便在哪儿

啊
人生之爱孝字头

人生之路鹿回头　　人生之乐又从头

人生之问少白头

2019 年 10 月 2 日高铁赴响水途中

爱的畅想

爱是日月的恩赐
爱是炙热的信念
爱是无冕的皇冠
爱是乞丐的圣殿

爱是奇绝的眼神
爱是坦诚的轰鸣
爱是任性的深情
爱是鲜艳的娇嗔

爱是定海神针
爱是沙漠绿洲
爱是糟糠荣华
爱是富贵牡丹

爱是梅花三弄
爱是生死悲欢
爱是天地之吻
爱是幸福之门

爱是赤子之花
爱是自由之神
爱是精神之钥
爱是梦想之城

爱是执手言欢
爱是难解之恨
爱是窈窕淑女
爱是英雄本色

爱是海誓山盟
爱是雨露阳光
爱是区区小事
爱是洋洋大观

爱得越真越切
爱得越深越痴
爱得越浓越烈
爱得越美越妙

爱是道德经
爱是奉献曲
爱是长相思
爱是咏叹调

爱是草原
雨过天晴
爱是山脉
奔腾激越

爱是船长
家是方向
爱是青春
老当益壮

爱是宝典
温润如玉
爱是春潮
涛声阵阵

2019 年 5 月 22 日晨

金大侠

我手握灵镜
观照侠肝义胆
我穿越千载
摘下桂冠芳华
我一页一页
数你的青春
我一枝一枝
抚你的椽笔
我一个一个
读你的故事

你怀揣江浙文脉
你垂钓香江渔汛
你开卷神游沧海
你垂帘心在万山
你纵观时代风云
你许下名士夙愿

人还是那些人
事还是那些事
棋还是那盘棋
史海钩沉
恰如生猛海鲜
如火如荼
别有慧根从容
在你的眼里
世界总是美好的
正义总战胜邪恶
美好总唤醒人间

呵
美丽的武侠
美丽的神话
美丽的爱情
美丽的故事

美丽的结局
美丽的文采
美丽的精神

地球是平的
世界是新的
文字夹风雷
义声成金石
踏遍坎坷成大道
殊途同归爱永存

你写了什么
我读了什么
他想了什么
宣示并不重要
心性和行动最重要
人人都是哈姆雷特
人人都正心诚意
人人都真善美义
再复杂的历史都有温度
再曲折的现实都很美好
信念和幸福要积薪篝火
理想和现实要家国情怀
爱我中华　爱我人民
鉴古铄今若比邻
义薄云天春常在

你有你的哲学
你有你的真爱
你有你的追求
你有你的世界
历史在现实中敦化
现实在人生中升华
天行健　君子坦荡荡
漫卷诗书喜若狂
你永远的境界陶然了
多少超然之人
你永远的温度
温暖了多少现实之辈
你永远的情怀
照耀了多少落魄之士

你真的走了吗
你真的存在吗
你真的永恒吗
无论过去现在未来
必须笑着应对
必须站着生活

必须奋斗不息

啊
金大侠
你是乐观的理想主义者
反对悲观的现实主义者
在理想和现实之间
你探索了一生
在苦难与辉煌之间
你潇洒了一生
永葆金刚不败之身
终有功成名就之时

这就是你吗
可爱的中国第一侠
可爱的文学大师者
可爱的幸福真达人

2018 年 10 月 31 日于 G119 赴宁途中

秋

秋风摸爬滚打
秋雨摩肩接踵
秋霜冶情悦性
秋月怀金携玉

秋在行色匆匆
秋在放怀万里
秋在吟风弄月
秋在造化人伦

红尘滚滚
大风起兮云飞扬
望穿秋水
此情可待成追忆

层林尽染
枫情万种通天路
硕果累累
爱不释手似丰碑

秋叶可赞
那是秋的名片
秋风可追
那是自强之志
秋霜可咏
那是心的温度

啊
秋之魅
春色让三分
秋之醉
迈步从头越

2019 年 10 月 18 日于北京

思念

思念的天空
青霭若梦苍山远
思念的天空
如泣如诉亦如歌

思念的天空
间有阴晴雨雪霁
思念的天空
焉得羁鸟返旧林

思念的天空
雨后斜阳复彩虹
人生何处有芳草
天涯海角半杯酒
一苇争渡自磅礴

思念的天空
漫漫长歌春华在
中流击水千帆远
岂为寂寞怅寥郭
苦尽甘来研茗香

思念的天空
执子之手喜望外
仰天长叹系孤舟
餐风露宿万山落
悲欢离合雄鹰纵

2018 年 4 月 22 日

友 谊

你是真诚的通行证
你是交流的无价宝
你是幸福的月牙泉
你是阳春的白雪梦

问世间有何物
可遇而不可求
问人间有何人
坐拥不二法门
问贫富和贵贱
可亲而不可亵

不只是心有灵犀
不只是两情相契
不只是无悔之交
不只是惺惺相惜

啊
打开时光之窗
放飞真善之美
壮怀激越之志
共赴风华之旅
高扬人格之帆
畅达理想之岸

无论远近高低
无论长幼性别
无论你来我往
无论春华秋实
无论风云变幻
无论机遇挑战

有你心磅礴
无你两茫茫
有你芝麻开门
无你对面不相识
有你前程多助
无你寸步难行

你是清风明月
你是高山仰止
你是清涟不妖
你是君子好逑
你是天涯极品
你是同怀归心

2018 年 12 月 2 日

我愿驻守在一个清晨

我愿驻守在一个清晨
一个清澈如水的清晨
一个霞光万里的清晨
一个悠远深邃的清晨
一个红红火火的清晨
一个花香四溢的清晨

我愿驻守在一个清晨
一个春风拂面的清晨
一个夏雨纷飞的清晨
一个秋水长天的清晨
一个冬雪缠绵的清晨
一个气象万千的清晨

我愿驻守在一个清晨
一个宁静温馨的清晨
一个怀揣梦想的清晨
一个描绘蓝图的清晨
一个携手前进的清晨
一个日新月异的清晨

我愿驻守在一个清晨
一个蹒跚学步的清晨
一个书声琅琅的清晨
一个朝气蓬勃的清晨
一个挥汗如雨的清晨
一个信心璀璨的清晨

我愿驻守在一个清晨
一个风景如画的清晨
一个只争朝夕的清晨
一个美美与共的清晨
一个心心相印的清晨
一个催人奋进的清晨

2018 年 11 月 14 日

黄鹤楼

走进你缤纷的传说
袭来的思念
却不是从前的黄鹤

一串串弯曲的云朵
仿佛黄鹤抒羽
一缕缕荆楚碧波
撩起心的呼唤

风中之花
你可是黄鹤之冠
黄鹤之美
美过千古奇葩

望无极
楼虽依旧
而风非依旧
人虽依旧
而鹤非依旧

白乐天
那只曾经举起的手
从未能放下
在二分明月中
比风还轻的
是诗的脚步
黄鹤杳如片舟
唯有不沉之岸
默默地伸向远方

千万个问
黄鹤你在哪里
难道梦的人生
也像鸟儿一样
卷缩在林梢
难道朴素的歌者

为了心灵的约会
迷失在征途
难道石臼上
那颗坠落已久的哀怨
早已化作满天星星

呵 黄鹤
哪一片秦砖汉瓦
还留下你永久的舞蹈
有多少永不言悔的故事
让世人本已匆匆的脚步
不忍离去

2006 年 6 月 22 日于武汉

小雪

小雪 你在哪里
很久我便把你藏在心里
小雪 我们结伴多年
而今年你始终没来

你还是从前那模样吗
你还是那飘然清亮吗
你的目光幽深粉嫩
你的呼吸冷艳含香
你的姿仪举世无双
你的华丽灿若仙境

我喜欢你纷至沓来的样子
我喜欢你缠缠绵绵的样子
我喜欢与你在旷野上追逐
我喜欢与你在窗檐下吻读
我想把你含在嘴里
我想把你搂在梦里

我们与嫦娥捉迷藏
我们让太阳披沙拣金
我们用数不清的脚印
诠释不一样的爱情

今年你为什么没来
难道你也会慢慢变老
难道你也会步履蹒跚
难道你也会被时间绊倒
难道你也相信流言宿命
难道你也害怕旅途艰险

呵 小雪
我相信你在不停地奔跑
我相信你在为命运祈祷
我相信你我一样今夜无眠
我相信你我一样渴望相见
我多想用你冰清玉洁的笑脸

照一照我这狼狈的影子啊
我多想用你柔情似水的酥手
抚摸我的发烧已久的额头
我多想用你漫天飞舞的苏绣
擦拭每一片每一角每一丁点儿蓝天

呵 小雪
你能听到吗
我多么怜惜你长不大的样子
我不允许任何人阻挡你的约会
我不允许任何人污染你的花径
我不允许任何人折损你的空灵

啊 最最清纯可爱的小雪
啊 最最温婉痴情的小雪
决不允许任何人欺骗你的情感
决不允许任何人挥霍你的纯真
决不允许任何人饕餮你的天姿
决不允许任何人觊觎你的家园

让我们手拉手结成命运共同体吧
让我们心连心
做永生永世的公主王子
我们初心不改
我们一往无前
我们披荆斩棘
我们永不言弃

2018 年 1 月 16 于北京

春 雪

你是美景中的皇冠
戴在千娇百媚的岁月枝头
你是玉洁冰清的圣女
穿着美丽动人的水晶鞋

你打着幸福的蝴蝶结
倩影婆娑 欢欣鼓舞
哼着别样的吴侬软语
一路逶迤而来

你美眸顾盼 虔诚端庄
你丝竹无弦 涵泳噙香
你流水落花 器而无形
你如泣如诉 喷珠溅玉
你缠缠绵绵 雍容自然

你举着夜光 辉耀太阳
你巧夺天工 气势如虹
你静若处子 动若脱兔
你芳华灿烂 飘逸非凡

你是天籁的词典
你是春潮的底韵
你是依恋的绝唱
你是传奇的源头

你是天地间最广阔的大洋
你是母爱中最丰厚的乳汁
你是传奇中最绚烂的华章
你是幸福中最繁华的礼盒

你是翩翩起舞的天鹅么
你是三春翘楚
你是天马行空
你是绝色狐仙

你要检阅朗朗乾坤么
你满腹诗经楚辞
你早已杨柳依依
这世界为你改变
这人生需要改变

我们多么需要像你一样
踩着永恒的节奏
抒写超世绝俗的篇章

2018 年 2 月 20 日于北京

东湖吟

你在盈盈碧水间
荡漾沉醉

深呼吸 从头脚
青山绿水不是梦
大千世界见真淳
听百鸟朝凤
看万尾鱼欢
林荫道上人窈窕

啊
年轮如花
岁月如画
东湖千载活化石
烟岚阵阵皆奇观

放眼望 湖光涌
蓝天在 灿霞红
绿水青山胜金山
改革发展绘宏图

中国梦 人民梦
五湖四海中华情
天地人和守初心
万丈高楼平地起
一锤接着一锤敲

铸丰碑
笑谈圆梦日
还把东湖游

2018 年 6 月 21 日于武汉

门窗赋

人人有一扇门
行指东西南北
处处有一扇窗
笑对阳光雨露

门有大小高矮
窗有上下左右
门可里进外出
窗达天地方圆

门窗作伴
来往无碍
窗门相背
形单影只

关上一扇门
打开一扇窗
内心敞亮
风光无限

打开一扇门
关上一扇窗
胸有成竹
怡然自得

见门推敲
临窗远眺
何叹山路遥
昆仑我为峰

守护家国之门
开启世界之窗
任凭风浪起
吾辈更从容

2019 年 9 月 5 日于北京

酒

醉
是对酒的尊重
不醉
是对人的尊重

酒不醉人人自醉
春华秋实皆思量
人生得意须尽欢
一杯浊酒任平生

酒是粮食精
杯水车薪重千钧
人是万物灵
自古饮者留其名

煮酒论英雄
酒中吐豪言
人生天地宽
莫许空悲切

酒逢知己千杯少
酒逢甘霖最绵长
但浇心中块垒
挥手赏心乐事

酒可扬帆载月
酒是不系之舟
酒生缘分天空
酒当从容酿造

幸福之酒
与人生共舞
劳动之酒
品类天下至味

2020年5月1于北京

求 索

昔我往矣
山高水长
今我来兮
洗尽铅华

春雨年年
那把伞在梦里
脚印深深
那盏灯是日月

幸福是人生伴侣
自信是山川脊梁
静水深流一壶酒
岁月神偷长歌行

柴扉映雪书声琅
功名利禄入帘青
松风劲竹曾相识
过眼云烟燕归来

溯往归今
踏破铁鞋无觅处
知行合一
求真务实天地宽

2020 年 4 月 15 日

咏 史

历史和现实
并非皱陋透瘦的太湖石
现实和历史
并非九曲回肠的黄河谣

历史星罗棋布
常有乱云飞渡
现实落英缤纷
未可自艾自弃

历史悬崖万丈
惯看春花秋月
现实风云变幻
赢在勇往直前

历史是现实的岛屿
散布在海水里
现实是历史的星辰
居住在夜空里

历史有现实的眼光
现实有历史的智慧
风雨彩虹两相济
泰山压顶不弯腰

历史肃穆旷远
未免触目惊心
历史如诗如画
如许翰逸神飞

翻阅历史
从容不迫有洞天
坚信未来
一往情深抖精神

密密麻麻的历史
缝补着岁月的衣襟

深深浅浅的现实
撩拨着平仄的诗行

2020 年 4 月 26 日于北京

清 明

清明是一座山
山上有座座丰碑
丰碑属于英雄
丰碑属于死难者
丰碑属于人民

清明是一条河
东湖是它的叹息
西湖是它的涟漪
长江是它的倒影
黄河是它的悲鸣

清明是一片天
天上有奋飞的翅膀
天上有肃立的风云
天上有低垂的旗帜
天上有伤心的泪水

清明是一颗心
逝者在永生的天涯
生者在坚强的大地
大爱无疆慎终追远
心心相印生生不息

2020 年 4 月 4 于北京

听雪

你与春风共舞
你为家园筑梦
你让心灵举杯
你为人生祝福

踏雪寻梅
梅花为我点灯
日月巡天
嫦娥为你领航
十二金钗今何在
红楼一梦更倾心

你温婉如玉
你杨柳依依
你冰清玉洁
你柔情似水
你窈窕动人
你如胶似漆

天庭之高
亦为你陶醉
大地之伟
亦为你喝彩

莫道绿肥红瘦
有你情真意切
莫道聚少离多
有你来日方长

啊
挥挥手
你在梦里
乍离别
我也在梦里
光阴似箭何所系
梦笔生花从头越

来吧
你有不变之身
不尽长江滚滚来
你有心香璀璨
海不扬波爱永恒
你有莺歌燕舞
楚楚动人自销魂

啊
你是心灵的玫瑰
你是游子的眼泪
你是幸福的口味
你是美丽的约会
何日重逢
定有万紫千红
何日重逢
自当芳菲永驻

2019 年 2 月 10 日于南京站

春天

春风像可爱的童年
伸出一双红朴朴的小手
在雪地里一翻身
就长大了

绿叶是神奇的玩具
举着一张张小樱魔术卡
引来百鸟朝凤
吱吱喳喳

春雨意气风发
一往情深
在穿梭奔忙的花伞间
淅淅沥沥

小草亮了
池塘醒了
油菜花黄了
醉了多少心灵之约

城市受不了拥挤
顾不得矜持
一个个打开天际线
聆听郊外的声音

啊
太阳哼着新曲
月亮载着歌舞
万物脱下冬装

一个个激情洋溢
一个个心潮奔涌
一个个欢欣鼓舞
一个个摩拳擦掌

春天在哪里
梦想在哪里
幸福就在春的起点
和美丽远方

2019 年 2 月 16 日

岁月

岁月是一根针
越打磨越细
越穿凿越深
一头是来路
一头是归程

人生是一道辙
来时能通灵
去时已通天
草木何深深
岂当无关碍

春风酒仙桥
夏雨两行泪
秋霜染白发
冬雪满城鸦

爱也是缘
恨也是缘
合也是缘
分也是缘

岁岁年年
悲天悯人
斯世济怀
生死相依

2019 年 3 月 31 日于京

莲

你婷婷玉立
如仙似幻
你荷风飘举
如影随行
你挤挤挨挨
蜂腰彩蝶
你胭脂无香
光风霁月

你芙蓉朝晖
真善为怀
你出泥不染
光照人寰
你身心荡漾
摇弋生辉
你优雅从容
绝伦超凡

你非孤芳自赏
你非域外之物
你非风花雪月
你非独立特行
你非不期而遇
你非无病呻吟

但愿归去来兮
为你叹为观止
更盼返朴归真
让你亲如爱人

啊
你像邻家妹子
你像盈盈麦浪
你像万重稻菽
你像月下游鱼

你像蜻蜓戏水
你像岁月悠扬

啊
我爱你沉静伫立
我爱你千娇百媚
我爱你天光云影
我爱你风雨无眠
我爱你真善纯美
我爱你自信卓然

2018 年 11 月 6 日于北京

思 念

打开电视
让我看看你的城市
你像这座城市一样呼吸
你像这座城市一样坚劲
你像这座城市一样拼搏
你像这座城市一样复苏

隔山有眼
隔水有爱
距离不是问题
希望胜于黄金

时光从未倒流
岁月勇往直前
什么轻如鸿毛
什么重如泰山
大爱就是天平
称量家庭事业友情
称量信仰信念信心

你在那边等我
我在这边等你
只要相向而行
哪怕千年万年
不过一步之遥

2020 年 7 月 15 日昕晨于北京

天作之合

毫无疑问
山很雄伟云很高远
比山更雄伟的是雄心
比云更高远的是柔情

毫无疑问
海很壮阔岸很坚韧
比海更壮阔的是胸襟
比岸更坚韧的是怀抱

时光不会倒流
人生不会重来
比时光更珍贵的是真爱
比人生更美丽的是彩虹

人有悲欢离合
月有阴晴圆缺
左脚人间正道
右脚飞天仙境

若爱是一叶扁舟
足以担当风雨
若情是人间至味
莫过物与心随

何谓必然王国
何谓自然王国
啊　天意可追
啊　人心可契

爱是通行证
泪是幸福雨
心中有太阳
步步皆华堂

2020 年七夕节

金陵感怀

一座南京城
红楼梦从未醒来
在宝黛襟袖间徘徊的
不只是大观园

情依依
恨悠悠
丝丝缕缕任穿梭
多少红颜知己
让恩爱永远
多少离愁别绪
让一见倾心
江宁织造府
镂月开云
一座博物馆
鉴古铄今

多少世道人心
泪水模糊了视线
桃叶渡还在
乌衣巷还在
江南贡院还在
金陵十二钗还在
桨声灯影觅虎踞
雕梁画栋任龙盘

举目望处
王羲之的才
曹雪芹的爱
莫愁女的烈
阅江楼的雄
郑和下西洋
不见帝王气

啊
请给我一支笔

请圆我一个梦
金陵莫回首
回首凤还巢

来吧
自来之则安之
且行且珍惜
家住江诸云水边
天风猎猎卷帘轻
有约石城千古事
金涛万顷少一杯

2020 年 10 月 7 日于南京

乡 愁

不只是一次旅行
多少次突然伤感
因为你的挽留
让这个世界跌落低点

地平线如饥似渴
我在风中无言
你终于来了
在一个漆黑的夜
你是巍巍升起的桅杆
而我是那个摇摇晃晃
孤苦伶仃的飘流瓶

而此刻
你是那个如影随形
劈波斩浪的大白鲸
一万条南回归线
重重叠叠
一会儿舒展
一会儿紧拧
成为难解难分的谜结

啊
你是我不负今生的
十字架
不管信不信教
无论走到哪里
你总在日月间穿行
让我无法自拔

2020 年 10 月 9 于高铁南京南站

海 浪

啊　海浪
你是我深情凝望的明眸
那一道道湛蓝色的量子流
是你光彩动人的倩影
谁能读懂这爱

啊　海浪
你是我紧系灵魂的小蛮腰
无数次黄金分割
你是最可爱的人儿
有谁能不走心

啊　海浪
你是我挺起胸膛的呼吸
无论泰山压顶
无论狂风暴雨
我们山河无恙

啊　海浪
阳光溅在你身上
你的生命才如此坦荡
明月伴随你左右
你的笑脸才如此神秘

啊　海浪
你颤动的头发密密丛丛
当你与我一道翻越
无数激流险滩和浩瀚星河
你也会有皱纹吗

2020 年 10 月 27 日清晨于北京

北京枫情

一片片
一蓬蓬
满城满山
都是你这精灵

你是奔腾的斑马
你是飘扬的鸽哨
你抛来丹桂的魅眼
你燃烧罂粟的灿霞

穿越城市乡村
让多少人为你迷航
翘首日月星辰
你让心尖潮涨潮落

问千里之怀
谁的眼泪在飞
看灵犀磅礴
岂在朝朝暮暮

你的吻浪迹天涯
像那苍梧欲滴的浓蜜
你的爱温暖人间
胜过冬天里的一把火

你是红颜
我为知已
你是诗笔
我为卿狂

2020 年 11 月 2 日于南昌

渴望

（一）

潮涨潮落
千万个漂泊之夜
你无法停靠梦乡

蓝色之眼
不是被距离放逐
情思如岸
谁沉淀逆风之泪

我骑上岁月的骆驼
从今夜出发
相信明天
抵达沙漠的尽头

（二）

光着脚
不怕穿鞋的岁月
风霜长在额上

一起祈祷
一起加油
星光为谁出发
半道上是牧羊人

阳光被黑子遮住了
呼吸越发困难
月亮之上
真的会有水吗

（三）

电话是多余的
风雨兼程
任心灵穿针引线

一见钟情
苑于纸短情长

洛阳纸贵
风干的不止是心经

酒杯不再
浔阳江头琵琶行
青衫知否
指南针浪迹天涯

2020 年 11 月 10 日晨于九江

家

不知什么经度
不知什么纬度
不知什么温度
不知什么湿度
你知道我在想你吗?

把脖子伸了又伸
把脚尖垫了又垫
把衣服整了又整
把梦乡嗅了又嗅
你知道我在想你吗?

想你时日夜兼程
想你时魂牵梦萦
想你时百花盛开
想你时万难不难

安家复远行
远行复安家
门在家就在
出入一家人

啊
响水是老家
南京是亲家
北京是新家
中华是大家
身心安处乾坤在
家里家外皆萦怀

你的心弦为我有
我的衷曲为你弹
你的眉眼为我睁
我的泪水为你流
你的笑颜为我开
我的满血为你舞

啊
你是亲亲的老娘
你是美丽的姑娘
你是学步的娃娃
你是南飞的孔雀
你是真爱的温度
你是烈酒的火焰

远看是太阳
近观是月亮
人行千里
走不出望眼欲穿
墨分五色
写不尽春夏秋冬
流连忘返
道不尽千言万语

啊
参天大树是屋檐
茵茵芳草有福音
忽如一夜春风来
你是我奔腾激荡的春潮
巴山夜雨涨秋池
你是我绵延不绝的雨丝
今夜你在哪儿等我?
明朝我在哪儿牵手?

2021 年 1 月 31 日于北京

立 春

啊
春天来了
是谁踮起无比轻盈的脚尖
踩着纷纷扬扬的雪花
一夜之间枝繁叶茂
让花儿鸟儿的对话
这般情意绵绵

啊
春天来了
是谁携来热闹非凡的游人
流连忘返
让瞬间霸频的抖音彩信
笑声隆隆
而那赏心悦目的相册
是一个又一个
掌声雷动的接力棒

啊
春天来了
人人春风扑面
是谁拂去四合蒙尘？
春天来了
春雨目光灼灼
是谁激荡青山绿水？
春天来了
处处花团锦簇
是谁引来蝶飞蜂舞？

啊
春天是灿灿的阳光
阳光是最好的杀毒剂
春天是温馨的月亮
月亮能见证美梦成真

啊
春天是一张张画稿
画山画水画灵魂
春天是一棵棵大树
树木树人树新风

而我最想对春天说
请给我一面镜子吧
我要用她照近识远
照亮人类最美好的前程

2021 年 2 月 3 日零点于北京

四君子

梅

莫问红尘几度
烟火霞光
你一出场
便引人入胜

王冕画你
哲人赞你
润之咏你
爱你多深
犹有悬崖百丈冰

生来气宇非凡
从不摧眉折腰
俏也不争春
醉了时令
得了春风

兰

你是大地额头的
一缕秀发
撩开天庭
眉清目秀

飞花令
热闹了词人
暗香许
不变的是底色
多少夙愿痴重来

天赐丽质
令瑜珈望尘莫及
坐看云起
道一片青霞
允一诺琼瑶

竹

苍山有径
篷门今始为君开
磐石底韵
志在云天外

竹林七贤
修的是名声
李杜相交
傲的是风骨
子知我知

云雀恭弥
玉兔绕膝
涛声阵阵
不是为了朝圣
这方清净

菊

花有千万枝
一花一世界
美有天壤合
一步亦销魂

远瞻近观
独爱大丘山
庭前盛事
栽不出天姿
道不得沧桑

生性无从由
宠辱不惊
奈昙花一现
唯你
一饮香如故

2021 年 2 月 5 日午时于北京

虎兮归来

双目似神
风行八荒
身无铠甲
而纵横捭阖
神勇无敌
而王者天下

悠游山岭
天是苍生
地为古今
魂乃康宁
福是和平

啊
虎兮归来
青山执手笑
日月两昆仑
英雄莫问出处
风景这边独好

来吧
人寰有梦
虎步生风
月光是爱
阳光为伍

2022 年 2 月 16 日于北京

响水，你好！

多少年
你是我最多情的那根弦
总在岁月的指尖上
千万次弹来拨去

多少年
你是我最难忘的那首歌
无论走遍东西南北
总在我耳畔回荡

多少年
你是我最美丽的那轮月
常常在夜深人静时
渴望翘首以盼

多少年
你是我最勇往直前的帆
无论处身江河湖海
始终形影不离

我爱你永远滚烫的心
我爱你永远不变的情
我爱你永远动听的话
我爱你永远幸福的梦

啊 你是面朝大海的母亲
啊 我是俯仰之间的游子
你是那永远不变的根
我是那召之即来的魂

啊 你如诗如画如歌
啊 我如痴如醉如狂
纵有千钧笔力游目骋怀
焉比初心难忘坚守始终

2024 年 2 月 29 日晚于北京

春怀

春天是那顶
人见人爱的花轿
花为媒
女人都是新娘
男人都是新郎

月亮抛来媚眼
太阳打开宝盒
极光春心荡漾
左一吻
烟花三月下扬州
右一吻
六宫粉黛无颜色

招招手
迎面走来清明上河图
重抖擞
江山万里从头越

啊
春光一刻值千金
桃叶渡头献之迎
李白举觞谢诗酬
庄子有梦
凤飞蝶舞诗千行

2024 年 3 月 31 日于北京

古侧柏

古侧柏
如一本藏经夹
合上
百年孤独
打开
芳华绝代

过往烟云
有不一样的青涩
九霄星汉
早已遍插茱萸

惯听云雀恭弥
青春光焰如火
被太阳刺痛的地方
早已长出
铺天盖地的金银花

天在上
神灵仰望
地在下
叩问幸福
蓝天枝蔓修云笑
彩虹缤纷向天涯

你用天地耕耘
你与乾坤对弈
翻过一道道山
越过一条条河
朝晖夕烟谁共舞
除了我
谁能丈量你的领地

任雷霆千万次求索
听四季切切私语
每一个瞬间

都是心灵的约会

挥挥手

信风扬眉笑

醍醐灌顶

啊

千年孤独

林海深处处处亲

一草一木似粉黛

淌过漫山遍野

天人合一

方得生生不息

2024 年 4 月 3 日于北京

饮者

绿蚁醅
饮者欢
人间至味
横空出世万千宠

一觞一咏
与焉为荣
兰亭集序
圣人饮醉千年书

蜀道难
李白斗酒摘仙踪
曹公才
唯有杜康解千愁

山水仁智
五谷万象
举杯弄清影
天圆地方无寻处

种瓜得瓜
种豆得豆
九九归一
和羹之美酒为最

2024 年 2 月 25 日晚于北京

梦江南

紫丁香像把雨伞
遮住了你的脸
吴侬软语
温柔了绝胜江南

阳光碎碎念
月色水淋淋
一江春水
拂过云烟长笛

梅花山
成为抖音工笔画
阅江楼
沉醉金陵春梦

紫金揽胜
挥别乍夜星辰
滨江大道
徜徉长阳花园

夫子庙
有多少吃贡生
江南织造府
散尽云锦苏绣

岁月如高铁
为谁奔忙
紫金山天文台
仰天长啸

啊
日破云涛万里红
千古风流人物
试看扬帆载月
何觅孙权王荆公

2023 年 6 月 24 日于北京至广州航班

赛龙舟

龙舟水
扭着款款细腰
跳着火辣辣的曳步舞
龙舟疾风如剑

雷霆万钧之时
滚烫的鼓点热火朝天
是谁先声夺人
小龙女英姿飒爽

啊
天上有雨
江海有龙
岸上有歌
人头攒动

这欢呼雀跃的季节
沸腾的不止是舞台
到处有龙王下凡
到处是英雄气概
到处都旗开得胜

世上无难事
爱拼才会赢
风雨同舟路
遇强当更强

来吧
中华儿女多奇志
弄潮儿当向潮头立
攻坚克难康庄大道
使命必达勇者必胜

2023 年 6 月 17 日于广州

丁香花

你睁着丁香花
一样的眼睛
看丁香花
每个细节
都如此灿烂

你仰望天空
丁香花仰望你
时光温柔似水
目光如云似锦
春风手挽手
放慢好奇的脚步

啊
这是一条回家的路
谁抛出的绣球
在公园里滚来滚去
快来看吧
幸福就要找个婆家

摸着春的心跳
你情不自禁地露出
这酒窝似的笑脸
芬芳而甜美

2022 年 4 月 14 日夜于北京